照順序就好！

看圖學文法
不用背

田地野彰 著　陳書賢 譯

序

一以視覺圖解掌握英文文法的全貌一

英文文法究竟該從哪裡開始學呢？關於這個問題，由於普遍的文法書並沒有將英文文法的全貌完整地展現出來，因此一直都沒有明確的答案。

閱讀一般的英文文法書會發現，舉例來說，就時態或助動詞來說，一般都只是用列表方式說明文法規則而已，但對於文法規則之間的關係並沒有仔細說明。

假設將各文法規則視為「正確理解英文、正確寫出句子的規則」，那麼每個文法規則在英文中都應該要有相應的位置。

那麼，每個文法規則究竟該放在英文中的哪個位置呢？本書將介紹每個文法規則在英文中所在的位置，以及該文法規則與所在位置的關聯，來了解英文文法的全貌。

以教育語言學最新的研究結果為基礎，縱觀整體英文文法，並使用圖解來清楚明瞭地說明英文結構。

希望透過本書，以「視覺化」、「系統化」的學習法，能幫助到所有第一次學英文文法或是持續在學習英文的學習者，來給各位在學習路上的助力。

田地野彰　著

本書特色

作為重新學習國、高中英文的工具，本書使用了大量插圖，可說是一本英文文法「圖鑑」。雖然本書的主要對象是在學校學過英文的學生和社會人士，不過本書主要以學校所教的文法為主題來介紹，因此對於第一次學英文的人來說也很有幫助。

特色 ① 以教育語言學的最新研究成果「語意順序法」說明

英文有「隨著語序改變，意思就會變化」的特色。於英語教學中活用此特徵，發展出的一套教育法，也就是所謂的「語意順序法」。此方法可以僅使用一個句型，便能將英文的句子架構轉換成用視覺一眼就看懂的語序組合，這是以教育語言學最新的研究成果為基礎，所發展出的學習法。許多國高中將此學習法導入英文教學中，皆獲得學生學習效率提高的成果回饋。

特色 ② 英文架構一看就懂

本書使用豐富的插圖，將至今學習過的文法概念視覺化，在快樂學習的同時，也自然而然地將英文結構印入腦海中。

特色 ③ 國、高中英文文法完整複習

本書涵蓋國、高中所有文法，讓你僅用一本書便能完整複習六年的文法內容。同時，省略過於瑣碎的例外，使學習者能好好理解英文語序及文法基礎。

「語意順序法」是一種不使用艱澀專業術語來說明文法結構的方法，不過為了讓學習者能輕鬆地與以往學過的英語知識做連結，本書在標題及內文中還是會使用一些文法專有名詞，這對於社會人士重新學習英文尤其適合不過。

◎本書的組成

本書由以下內容組成：

第一章　學英文文法有效率的學習法

為什麼英文學不好的人那麼多呢？我們來探討英文難學的原因，並說明如何讓學習英文文法更有效率。本章也會說明本書的主幹，即「語意順序法」的基本概念。

第二章　掌握句子的全貌

學習英文文法中重要的「語序」及「句子的架構」，藉此寫出意思通順的英文。

第三章　掌握各項文法規則

本章會說明「時態」、「助動詞」、「進行式」等文法。

第四章　掌握句子組成的元素：各詞類

本章會說明句子組成中必要的「名詞」、「代名詞」、「形容詞」等詞類。

透過本書，可以讓學習者以直覺及視覺來理解英文文法，並達到系統化的學習。

使用說明

一本充滿「**圖表＋插圖＋例句**」的文法書，用「**直覺＋視覺**」來搞懂複雜的文法觀念！

1. 文法觀念＋例句＋語意順序關係表

▼針對文法觀念的基本介紹

第一句型(SV)
「誰」＋「做動作（是）」

第一句型是由「誰」（主詞）＋「做動作（是）」（動詞）兩者所構成的句子。「主詞＋動詞」是所有句子都會有的要素，是英文句子的基礎。「誰」的部分， 一般指的是「有生命的個體」，不過也能使用「事」或「物」來代替。

針對文法觀念的解說

▼任何文法都能套入的「誰、做動作、人／事物」語意順序表

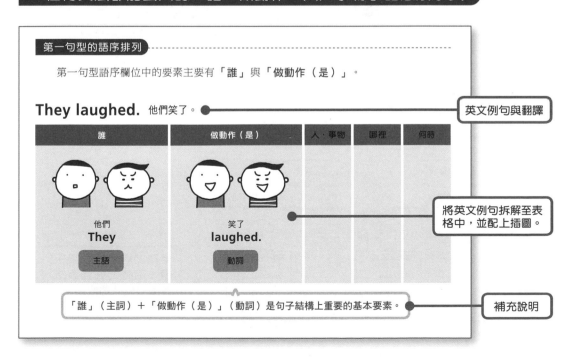

第一句型的語序排列

第一句型語序欄位中的要素主要有「**誰**」與「**做動作（是）**」。

They laughed. 他們笑了。

英文例句與翻譯

誰	做動作（是）	人‧事物	哪裡	何時
他們 **They** 主語	笑了 **laughed.** 動詞			

將英文例句拆解至表格中，並配上插圖。

「誰」（主詞）＋「做動作（是）」（動詞）是句子結構上重要的基本要素。

補充說明

2. 各類文法重點圖表

▼針對用法比較的比較圖表

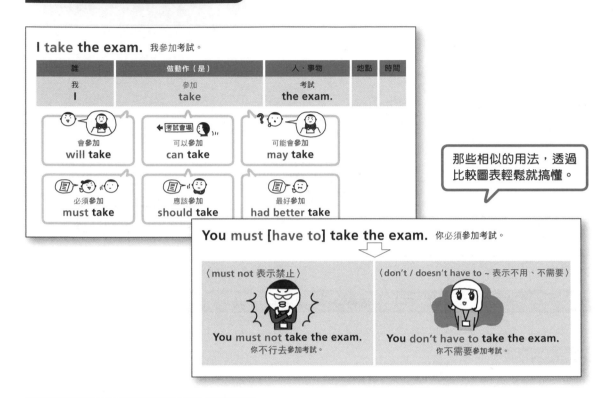

那些相似的用法,透過比較圖表輕鬆就搞懂。

▼針對時態比較的時間軸圖表

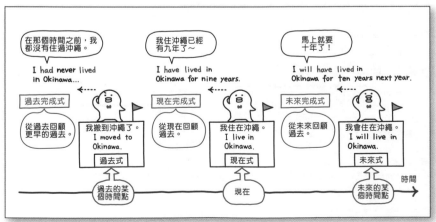

英語的時態老是搞不懂,用時間軸圖表來釐清整個時態觀念。

▼針對主動/被動態關係比較的關係圖表

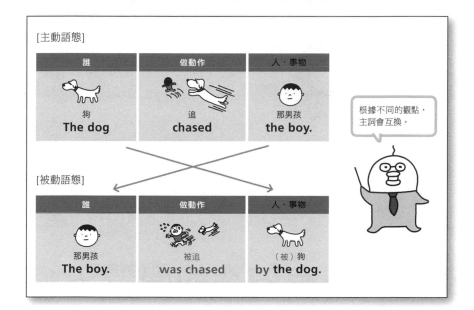

[主動語態]

誰	做動作	人・事物
狗 The dog	追 chased	那男孩 the boy.

根據不同的觀點，主詞會互換。

[被動語態]

誰	做動作	人・事物
那男孩 The boy.	被追 was chased	（被）狗 by the dog.

搞不懂的主動被動態句子結構，直接用關係圖表來掌握其關係。

▼針對詞類之下各類別的分類圖表

各種分類都有配插圖來一眼看懂。

◎可數名詞與不可數名詞

英文中這些名詞又區分為 1. 可數名詞 2. 不可數名詞。按組別可依以下分類來區分：

1. 可數名詞	(1) 普通名詞	(2) 集合名詞※	
	cup、pen、dog	family、crew	※有一部分為不可數名詞。

2. 不可數名詞	(3) 專有名詞	(4) 物質名詞	(5) 抽象名詞
	Nancy、Taipei	coffee、wine	beauty、kindness

CONTENTS

第 **3** 章 掌握各項文法規則

第**4**章 掌握句子組成的元素：
各詞類

第 **1** 章

學英文文法
有效率的學習法

為何「英文總是學不好」

　　一般社會人士學英文大多是從國中開始，歷經國、高中六年，有的人還會包含大學期間，因此學習英文的時間將近十年左右。不過，儘管如此還是會經常聽到「英文學不好」、「不會說英文」等的聲音。

　　這是因為**沒有直觀地用英文邏輯去理解英文**。
　　以下將列舉出本書「按照英文的順序來直覺式理解英文文法」的重要性及理由，以及要學習者注意「若沒有按照這個順序，而犯了以下這些錯，語意便會不通順」的例子。

理由 ① 英文的語序會嚴重地影響表達的意思
　　英文是個隨著語序改變，意思就會變化的語言。在英文中，要表達「那位男子吃了蘋果」這樣的直述句時，一般是要按照「主詞＋動詞＋受詞」這樣的語序，要讓聽者先清楚知道「主詞」是誰，後面接著提到「動詞」（做什麼動作），最後才是承受動作對象的「受詞」。要是表達英文的直述句時不是按照這個順序，就會變成是不通順的句子。因此，**說英文、書寫英文時絕對要避免的就是語序的錯誤**。其實在表達直述句時，英文與中文的語序是相同的，因此這一部分會犯的錯相對來得低，畢竟我們說中文時，也是用「那位男子吃了蘋果」的語序來表達。以下我們來看語序不同對英文所造成的影響：

正確的句子
○ **The man ate the apple.** 那位男子吃了蘋果。

錯誤的句子 1：意思雖然通順，但有文法上的錯誤
× **Man ate apple.**
　　→正確為 **The man ate <u>the</u> apple.**
畫底線的兩處是修正後的內容。由於句子的語序是正確的，因此意思通順。

錯誤的句子 2：意思不通

✕ The apple ate the man.

　　錯誤的部分為語序方面的問題。由於語序出錯，因此變成了「那顆蘋果吃了那位男子」在一般情境之下意思完全截然不同且無法理解的句子。由此我們可知語序對英文的重要性。

The man ate the apple.
那位男子吃了蘋果。

The apple ate the man.
蘋果吃了那男子。

理由 ②　注意不要遺漏主詞

　　中文有時會不需要刻意提到主詞（如「你」、「我」），在不用提到主詞也能理解的情形，主詞經常會省略。如：「今天幾點回來？」「七點左右。」像這樣的對話在日常生活中相當常見。另一方面，**除了一些例外之外（如祈使句），英文一般都需要主詞。**因此，此時若將中文的表達方式直接翻譯成英文，考試時不僅會錯，與外國人對話時意思也無法傳達。

正確的句子

○ What time are you coming back today? 你今天幾點回來？

錯誤的句子

✕ What time coming back today? 今天幾點回來？

　　在對話雙方對於說話對象是誰都很明確的情況，中文有時可以省略「你」「我」，不過在英文的句子中，主詞不可省略。

What time coming back today?

理由 ③　要用英文的邏輯思考來使用英文

　　若不思考英文的表達方式，而是直接將自己腦海中的母語（中文）直譯成英文，就會變成奇怪的英文句子。例如，「這個時候這間咖啡廳人很多」，若直接按中文字面譯成英文，語意便會截然不同。

正確的句子

○ **The coffee shop is crowded with people now.**

這個時候這間咖啡廳人很多。

錯誤的句子

× **This time coffee shop is many people.**
× **This time coffee shop many people.**

這裡的意思會變成「咖啡廳是很多人」。

◎學習英文時應記住「語序與語意」

　　目前舉的三個理由，**其中①②為「語序」、③為「語意」上的錯誤**。換言之，只要記得要加上「主詞」，並注意「語序」與「語意」，便能學會日常生活中使用的英文，也能將英文怎麼學都學不好的負面想法免除掉。
　　接下來將派上用場的，便是本書要談的「語意順序法」。

　　「語意順序」是指將溝通時所需的必要資訊，以 **「語意集合體」** 為單位，按照英文句子結構（語序）來排列。

　　「溝通時所需的必要資訊」在句子中所形成的單位，可以用「5W1H（Who, What, When, Where, Why, How）」來思考句子的要素，即「人、事、時、地、原因、如何」。
　　我們以「約朋友吃飯」為例，來思考必要的資訊有哪些？

在「我們約好本週四晚上七點，在台北車站前碰面」這個句子中，「時間（when）」與「地點（where）」是不可或缺的資訊。

這些像是「時間」、「地點」的要素，是撰寫新聞文章時的基本單位。而當人與人在傳遞資訊時，溝通時的基本資訊也是「5W1H」。

換言之，「語意順序」是指 5W1H 所對應到的「語意集合體」的順序。

誰 who	做動作（是） does (is)	人·事物 who(m)·what	哪裡 where	何時 when

補充要素：

如何 how	為什麼 why

語意順序的基本架構有上述這些要素：「誰」、「做動作（是）」、「人·事物」、「哪裡」、「何時」以及作為補充要素的「如何」、「為什麼」。

在此順序模式中，英文中必要的「動詞」是以「does（is）做動作（是）」來表示，其他要素皆以 5W1H 來表示。在這麼複雜的英文句子中，只要按照語意的順序代入詞彙，就可建構出容易理解的英文結構，自己也就能輕易地寫出英文句子。

簡而言之，**只要記住語意順序，便能盡情地使用英文**。從下一頁開始，讓我們一起來看語意順序的具體使用方法。

用「語意順序」理解句子結構

◎用「語意順序法」來造英文句子

相信不少人讀到目前為止，都還是抱持著「真的嗎？」的懷疑心態吧。就讓我們實際運用語意順序來造句，並理解英文文法吧！

以「今天早上我們在車站遇到了 Nancy」這個句子為例，請使用語序順序將其翻譯成英文，並試著回答以下的問題吧！

句子中哪個詞彙代表「誰」呢？	→我們
句子中哪個詞彙代表「做動作（是）」呢？	→遇到了
句子中哪個詞彙代表「人‧事物」呢？	→Nancy
句子中哪個詞彙代表「哪裡」呢？	→在車站
句子中哪個詞彙代表「何時」呢？	→今天早上

將 p.15 的「語意順序法」表格化後，在此處稱作「語意順序表」。請試著把上述句子依照語意順序填入表格。

誰	做動作（是）	人‧事物	哪裡	何時
我們	遇到了	Nancy	在車站	今天早上

再來試著將表格中的句子轉換成英文。

誰	做動作（是）	人‧事物	哪裡	何時
我們 We	遇到了 met	Nancy Nancy	在車站 at the station	今天早上 this morning.

就這樣 We met Nancy at the station this morning. 句子便完成了。

使用語意順序表還可以防止 p.13 所提到的「遺漏主詞」問題。中文有時會因為對話彼此都已知主詞是誰而省略主詞，因此如剛剛的句子在口語中經常會說成「今天早上在車站還遇到 Nancy 呢！」請將這句子填入語意順序表中吧。

誰	做動作（是）	人‧事物	哪裡	何時
	遇到了 met	Nancy Nancy	在車站 at the station	今天早上 this morning.

咦？這裡怎麼空了！　　　　←發現漏掉了必要元素

不論是哪個英文句子都會包含「誰」與「做動作（是）」（請參考 p.24 第一句型），因此當發現這一格是空的，便能注意到自己漏掉了必要元素。

除了「誰」、「做動作（是）」這兩個必要的元素之外，其他欄位的元素並非每次都要填入。

They are my friends. 他們是我的朋友。

誰	做動作（是）	人‧事物	哪裡	何時
他們 They	是 are	我的朋友 my friends		

◎用「語意順序」來理解複雜的英文句子

語意順序不僅能用在寫出英文句子，對於理解句子結構也很有幫助。乍看之下很複雜的句子，只要用語意順序來思考，便能輕易地理解其架構。

以下就來使用語意順序思考下面這句英文吧！

I have a friend whose sister is a famous pianist.

我有一個朋友，他的妹妹是知名鋼琴家。

誰	做動作（是）	人・事物	哪裡	何時
我 **I**	有 **have**	一個朋友 **a friend**		

> whose sister 之後的片語要放在哪裡呢？

　　仔細一看，會發現句子中有「I」、「whose sister」兩個人物「誰」，以及「have」、「is」兩個動作「做動作（是）」。這種情形就要將語意順序表再增加一行，寫成兩行來思考。

誰	做動作（是）	人・事物	哪裡	何時
我 **I**	有 **have**	一個朋友 **a friend**		
（～的妹妹） **whose sister**	是 **is**	知名鋼琴家 **a famous pianist**		

　　使用語意順序表，看起來再複雜的英文句子也能輕鬆地理解。

◎「補充要素」的部分，就利用「百寶箱」來處理吧！

　　當「如何」和「為什麼」登場（即 p.15 提到的補充要素）時，就使用新的欄位「百寶箱」吧！「百寶箱」用於疑問句或是有連接詞的句子中。

I didn't go there <u>because</u> I was very tired.

我沒有去那裡，因為我非常累。

百寶箱	誰	做動作（是）	人・事物	哪裡	何時
	我 **I**	沒有去 **didn't go**		那裡 **there**	
因為 **because**	我 **I**	是 **was**	非常累 **very tired.**		

把 because（因為）放入「百寶箱」欄位中。

　　「百寶箱」是特殊的一格，放在「誰」之前。從補充要素「如何」和「為什麼」到疑問詞、連接詞等這些無法放進語意順序表內的，就都放入「百寶箱」欄位中，以此來理解句子結構吧。

Is Kumi a student? Kumi 是學生嗎？

百寶箱	誰	做動作（是）	人・事物	哪裡	何時
是…嗎？ **Is**	Kumi **Kumi**		學生 **a student?**		

在 be 動詞疑問句中，本該放在「做動作（是）」欄位的 be 動詞，因為被往前調，所以放在「百寶箱」裡。

Ken likes singing and I likes dancing. Ken 喜歡唱歌，而我喜歡跳舞。

百寶箱	誰	做動作（是）	人・事物	哪裡	何時
	Ken **Ken**	喜歡 **likes**	唱歌 **singing**		
而 **and**	我 **I**	喜歡 **likes**	跳舞 **dancing.**		

將連接詞 and 填入「百寶箱」欄位。

看懂英文全貌的「語意順序地圖」

◎用「語序╳文法規則」學會正確英文！

　　英文可以使用橫向與縱向來掌握文法的全貌。

　　橫向指的是**語序（語意順序）**，與句子的架構息息相關。如 P.12 所說明的，英文有「改變語序，意思就會改變」的特色，因此只要熟記語句的正確排列順序，在一定程度上意思都能理解。這也就是為什麼大部分文法書，都會在一開始說明句子結構（句型）的原因。此外，縱向則與**特定文法規則**相關。如：時態、進行式、完成式、助動詞等。用一句話來說，就是「透過**橫向**來**組織架構**；用**縱向**來**精緻句子**」。

　　本書接下來也會先從**橫向**開始介紹，在第二章中會說明句子的形態，在第三章會說明縱向的文法規則。請透過本書快樂地學習對實際溝通有幫助的「語意順序法」吧！

　　下一頁的插圖是說明英文文法**橫向**與**縱向**的「**語意順序地圖**」。在閱讀本書時，可以隨時翻回這一頁來確認「目前所學的文法規則，究竟是在句子結構中的哪個位置」，這樣便能更輕易地理解英文的全貌。

語意順序地圖

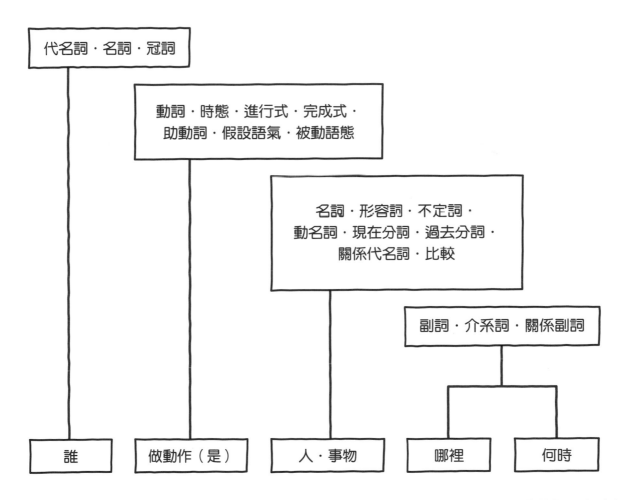

※在以上的這個語意順序地圖中，與語序要素相對應的各個文法規則名稱（如動詞、時態等）只會列出具代表性的文法規則。

MEMO

第 **2** 章

掌握句子
的全貌

帥！

我叫做馬汀

業務部
馬汀

第一句型(SV)
「誰」＋「做動作（是）」

　　第一句型是由「誰」（主詞）＋「做動作（是）」（動詞）兩者所構成的句子。「主詞＋動詞」是所有句子都會有的要素，是英文句子的基礎。「誰」的部分，一般指的是「有生命的個體」，不過也能使用「事」或「物」來代替。

第一句型的語序排列

　　第一句型語序欄位中的要素主要有**「誰」**與**「做動作（是）」**。

They laughed. 他們笑了。

誰	做動作（是）	人・事物	哪裡	何時
他們 **They** 主語	笑了 **laughed.** 動詞			

「誰」（主詞）＋「做動作（是）」（動詞）是句子結構上重要的基本要素。

利用「哪裡」和「何時」來增加資訊

It rained yesterday. 昨天下雨了。

誰	做動作（是）	人‧事物	哪裡	何時
（表示天氣的 it） **It**	下雨了 **rained**			昨天 **yesterday.**

She is swimming in the pool now. 她現在正在游泳池裡游泳。

誰	做動作（是）	人‧事物	哪裡	何時
她 **She**	正在游泳 **is swimming**※1		在游泳池 **in the pool**	現在 **now.**

※1 關於現在進行式的詳細説明，請參閲 p.86。

> 五大句型中必要的要素有「誰」、「做動作（是）」以及「人‧事物」。「哪裡」與「何時」則是**修飾「做動作（是）」的功能**。

誰	做動作（是）
她 **She**	正在游泳 **is swimming.**

> 這樣寫，句子也能通。

有些句子會讓人禁不住想知道事件發生的地點在哪裡。我們來看下面兩個例子。

是住在哪裡呢？

誰	做動作（是）
她 **She**	住 **lives**

究竟是在哪裡呢？

誰	做動作（是）
你的包包 **Your bag**	存在 **is**

以上兩個句子，是不是會讓人很想反問說「究竟在哪裡」「為何不把話講完」呢？若句子只有以上資訊而已，會讓人覺得句子不完整。就麼把「地點」加進去看看吧！

She lives in Osaka. 她住在大阪。

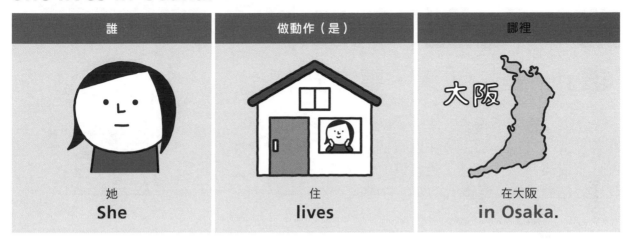

誰	做動作（是）	哪裡
她 **She**	住 **lives**	在大阪 **in Osaka.**

Your bag is on the table. 你的包包在桌上。

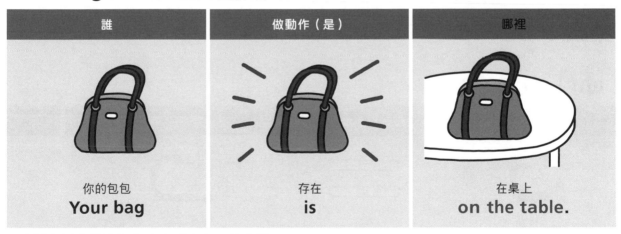

誰	做動作（是）	哪裡
你的包包 **Your bag**	存在 **is**	在桌上 **on the table.**

※上述句子中的動詞（is）有「存在」的意思。

※學校所教的五大句型是將「哪裡」與「何時」當作修飾語，也就是說，「誰」+「做動作（是）」+「哪裡」或「誰」+「做動作（是）」+「何時」皆被視為第一句型（SV）。不過，在部分歐美的文法書中，也有人將以上兩者當作另一類句型來看待。

　　現在是否覺得意思通順了。即使「哪裡」這個要素沒有被歸類在五大句型之中，但只要用**「語意順序」**來思考，就會知道加上「哪裡」這個要素會比較通順。當覺得資訊不足、語意未完時，就使用「語意順序」來確認吧！

第二句型(SVC)
「誰」、「是」、「人‧事物」

　　介紹「姓名、職業、性格」以及「人事物的狀態、模樣」時，最常使用的就是這個句型。以「人（姓名）」或「事物（職業、性格等）」來說明「誰」（主詞）這個欄位時，這兩者的關係會變成「誰」＝「人‧事物」。句型中的「做動作（是）」，則為「是」的意思。

第二句型的語序排列

　　第二句型語序欄位中的要素，主要有**「誰」、「做動作（是）」、「人‧事物」**。

I am Lisa. 我是麗莎。（我＝麗莎）

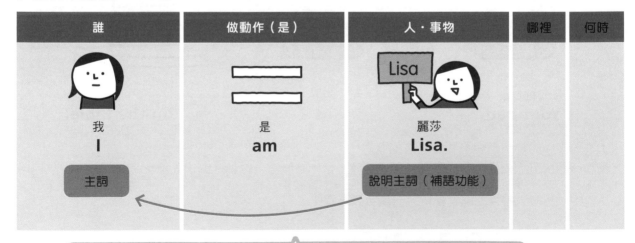

誰	做動作（是）	人‧事物	哪裡	何時
我 **I** 主詞	是 **am**	麗莎 **Lisa.** 說明主詞（補語功能）		

在第二句型中，當「誰」＝「人‧事物」時，便會形成等號關係！
補語是用作說明主詞「誰」或受詞「人‧事物」的功能。

「＝（等於）」功能的 be 動詞

第二句型可以用來介紹人的職業，如「她是老師（She is a teacher.）」；或是說明人的性格，如「他很有趣（He is funny.）」；亦或是表達狀態，如「我很飽（I am full.）」等。

be 動詞帶有「是」的意思，如 I am Ming.（我是小明。I = Ming.），或 They are my colleagues.（他們是我的同事。They = my colleagues）。在這當中，be 動詞作為等號功能，連接了「誰」與「人・事物」。

此外，當「做動作（是）」此欄位為 be 動詞時，「人・事物」的位置一般會帶入如 teacher（老師）的**名詞**，或是 funny（有趣的）、full（飽的）的**形容詞**等。

They are my friends. 他們是我的朋友。（他們＝朋友）

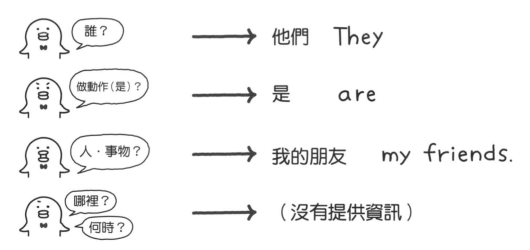

排列組合之後就變成…

誰	做動作（是）	人・事物	哪裡	何時
They	are	my friends.		

誰	做動作（是）	人・事物	哪裡	何時
他們 **They**	是 **are**	我的朋友 **my friends.**		

他們 **They**	是 **are**	我的朋友 **my friends.** 名詞

be 動詞作為等號，連接「誰」與「人・事物」。

「人・事物」一般使用名詞或形容詞。

還有！還有！其他具有「＝」功能的動詞

　　連接「誰」與「人・事物」時，雖然經常使用 be 動詞（是），不過還有其他**動詞**也同樣帶有「＝」的等於功能（例如：become, keep）。be 動詞以外的動詞稱做**一般動詞**，基本上代表「做～動作」的意思。接下來會介紹一般動詞中作為「＝」（等於）功能的兩個代表性動詞。

look （看起來～）

Your scarf looks very nice.
你的圍巾看起來很不錯。（圍巾＝不錯）

誰	做動作（是）	人・事物	哪裡	何時
你的圍巾 **Your scarf**	看起來 **looks**	很不錯 **very nice.**		

你的圍巾 **Your scarf**	＝ 看起來 **looks**	很不錯 **very nice.**

sound （聽起來～）

Your opinion sounds fine.
你的意見聽起來很好。（意見＝很好）

誰	做動作（是）	人・事物	哪裡	何時
你的意見 **Your opinion**	聽起來 **sounds**	很好 **fine.**		

你的意見 **Your opinion**	＝ 聽起來 **sounds**	很好 **fine.**

> 用於第二句型的動詞還有 seem（似乎／好像）、feel（感覺）、become（成為）、keep（保持）、get（變得）等。

第三句型(SVO)
「誰」、「做動作」、「人‧事物」

在這個句子「我看」（主詞＋動詞）後面加上「書」（受詞）的句型，就是第三句型。

中文的語序跟英文一樣，都是受詞放在動詞後，如「我／看／書」。許多的日常生活用語，如「我洗臉」或「我吃中飯」等，大多是以第三句型來表現。欄位「人‧事物」中的間隔號〈‧〉，在此處代表「或者」的意思。

第三句型的語序排列

第三句型語序欄位中的要素，主要有 **「誰」、「做動作（是）」、「人‧事物」**。

I enjoy karaoke. 我喜歡卡拉 OK。

誰	做動作（是）	人‧事物	哪裡	何時
我 **I** 主詞	喜歡 **enjoy** 動詞	卡拉 OK **karaoke.** 受詞		

第三句型的結構是「主詞＋動詞＋受詞」！
受詞指的是動作的對象，此處的「誰」與「人‧事物」並非等號關係。

在「人」與「事物」之間選一個吧！ -

「人・事物」的欄位中，只能擇一把「人」或「事物」放進去。

We saw Nancy at the station this morning.

今天早上我們在車站看到 Nancy。

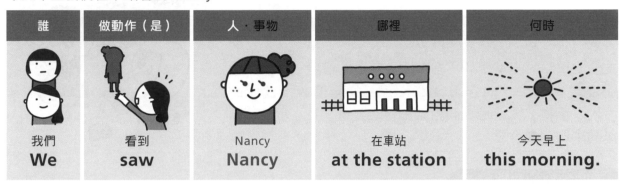

誰	做動作（是）	人・事物	哪裡	何時
我們 We	看到 saw	Nancy Nancy	在車站 at the station	今天早上 this morning.

I sent a letter to my aunt yesterday. 我昨天寄了一封信給我阿姨。

誰	做動作（是）	人・事物	哪裡	何時
我 I	寄了 sent	一封信 a letter	給我阿姨 to my aunt	昨天 yesterday.

第四句型(SVOO)
「誰」、「做動作」、「人‧事物」

在第四句型中，欄位「人‧事物」的間隔號〈‧〉表示的是「和」的意思。此外，「人」與「事物」是這個文法的重點，經常用於「對某人做某事的情境」，如「**給朋友禮物**」、「**向店員**問路」等。換句話說，此處的「人‧事物」，就是「面對某動作的對象」及「承受某動作的事物」的意思。

我的愛！

第四句型的語序排列

第四句型語序欄位中的要素，主要有 **「誰」**、**「做動作（是）」**、**「人‧事物」**。

Her mother gave her a present. 她母親給了她禮物。

誰	做動作（是）	人‧事物		哪裡	何時
她母親 **Her mother**	給了 **gave**	她 **her**	禮物 **a present.**		

第四句型要留意「面對某動作的人」及「承受某動作的事物」。

「人」與「事物」缺一不可！

第四句型的語序為「誰→做動作→（面對某動作的）對象→（承受某動作的）事物」。

She taught me English. 她教了我英文。

誰	做動作（是）	人	事物	哪裡	何時
她 She	教了 taught	我 me	英文 English.		

I asked him how to cook. 我問了他怎麼做菜。

誰	做動作（是）	人	事物	哪裡	何時
我 I	問了 asked	他 him	怎麼做菜 how to cook.		

即便出現如 how to cook（怎麼煮）這種兩個單字以上的語句，只要用「語意順序」來思考，就會知道要放在「事物」的欄位。

MEMO

想在第三句型（SVO）的句子中加入「對某位對象做某行為」時，可以使用第四句型來表示。

I sent a letter to my aunt yesterday. 我昨天寄了一封信給我阿姨。

誰	做動作（是）	人‧事物	哪裡	何時
我 **I**	寄了 **sent**	一封信 **a letter**	給我阿姨 **to my aunt**	昨天 **yesterday**

I sent my aunt a letter yesterday. 我昨天寄了一封信給我阿姨。

誰	做動作（是）	人‧事物		哪裡	何時
我 **I**	寄了 **sent**	給我阿姨 **my aunt**	一封信 **a letter**		昨天 **yesterday**

　　若省略第四句型 I sent my aunt a letter. 中的 a letter，就會變成 I sent my aunt「我寄了我阿姨」這樣不完整的句子，因此切記不要忘了「人‧事物」這一欄位的資訊。此處的「給我阿姨」也可以放在「哪裡」的欄位。不過，I sent a letter to my aunt.（我寄了一封信給我阿姨。）並不一定帶有「阿姨有收到信」的意思；而 I sent my aunt a letter. 則才帶有「阿姨已收到信」的意思。

長句就用「俄羅斯娃娃」的結構來破解吧

　　「人‧事物」的欄位不僅能使用簡短的詞彙，也可以使用如以下例句的句子形態。

He told me that he was busy. 他告訴我他很忙。

誰	做動作（是）	人	事物	哪裡	何時
他 **He**	告訴 **told**	我 **me**	他很忙這件事 **that he was busy.**		

036

將「事物」這個欄位中的 that he was busy 這一個子句獨立出來，並增加一行語意順序表來看看吧。

從以上結構可以看到，一個句子中的另一個句子就像「雙胞胎」一樣嵌在一起。就如同俄羅斯娃娃一樣（一個娃娃裡面還有另一個娃娃），在一個句子中，還有另一個句子（稱作子句）。連接兩個句子的 that 是連接詞，所以上述第二層的 that 也可以放在先前介紹過的「百寶箱」欄位中。

如此一來，長句子只要使用「語意順序表」，句子就不會感覺不斷橫向增長，而是可以如階梯般往下拆解，因此再複雜的結構也能輕易理解。

第五句型(SVOC)
「誰」、「做動作」、「人·事物」

從今天起，你就叫做波奇！

在第五句型中，「人·事物」這一欄位的「人」和「事物」分別為「受詞」與「受詞的說明」，如「媽媽給**那隻小貓**取名為**波奇**」、「她叫**他比利**」等。「那隻貓」與「波奇」指的都是同一隻貓，因此「貓（受詞）」＝「波奇（受詞補語）」的關係成立。在第二句型中也出現過相同的等號結構。

第五句型的語序排列

第五句型語序欄位中的要素，主要有「**誰**」、「**做動作（是）**」、「**人·事物**」。

She calls him Billy. 她叫他比利！（他＝比利）

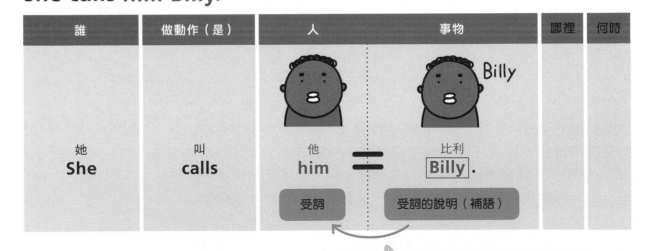

誰	做動作（是）	人	事物	哪裡	何時
她 **She**	叫 **calls**	他 **him** 受詞	＝ 比利 **Billy**. 受詞的說明（補語）		

第五句型的關係為「接受動作的對象（受詞）」＝「名稱（補語）」「誰」「什麼」。
※補語用於說明「主詞」或「受詞」。

　　第五句型與第四句型一樣，可以同時使用「人·事物」，不過在第五句型中的「人」與「事物」一般為等號關係。例如以下例句中 this ship = Asuka（這艘船＝Asuka），下一個句子則是 her = the president（她＝社長）。除了以下例句中出現的動詞之外，還可以使用 leave（將～交給）、 keep（使～保持某狀態） 等動詞。

They named this ship Asuka.
他們將這艘船命名為 Asuka。（這艘船＝ Asuka）

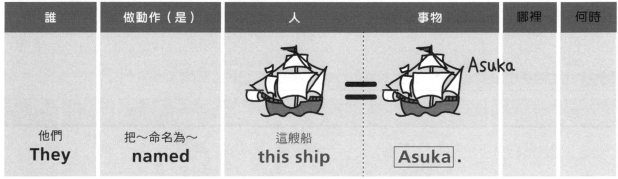

誰	做動作（是）	人	事物	哪裡	何時
他們 **They**	把～命名為～ **named**	這艘船 **this ship**	Asuka .		

※name: 命名為～

> 在「人」的欄位中，也可以放入人物以外的事物，如 the ship（船）等。

We elected her the president. 我們選她為社長。（她＝社長）

誰	做動作（是）	人	事物	哪裡	何時
我們 **We**	選～為～ **elected**	她 **her**	社長 **the president** .		

※elect: 選～為～

He painted the wall white. 他把那面牆壁粉刷成白色。（牆壁＝白色）

誰	做動作（是）	人・事物		哪裡	何時
		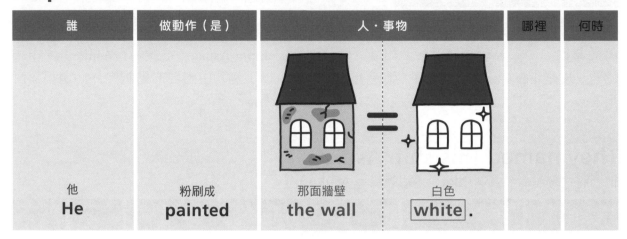			
他 **He**	粉刷成 **painted**	那面牆壁 **the wall**	白色 **white** .		

Her speech made us happy. 她的演講讓我們都感到開心。

誰	做動作（是）	人・事物		哪裡	何時
		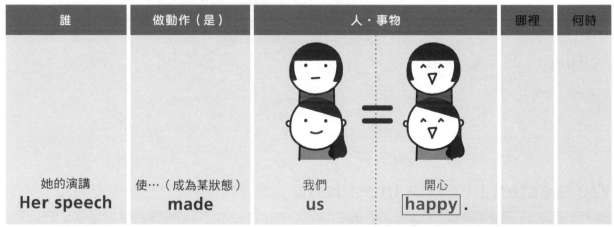			
她的演講 **Her speech**	使…（成為某狀態） **made**	我們 **us**	開心 **happy** .		

※make: 讓～

「事物」的欄位，不只可以放入如 Billy 或 Asuka 等的名詞，也可以使用如 white 或 happy 等形容詞。

五大句型和「語意順序」整理：用「語意順序」來排列，就可以寫出句子

　　讀到目前為止，各位會發現本書參考過去所學過的五大句型，介紹了「語意順序」。假如忘記了五大句型，或是不清楚受詞、補語等文法用語，只要按照「語意順序」排列「誰」、「做動作（是）」、「人・事物」「哪裡」、「何時」，便可以直接寫出英文句子。

他微笑。（第一句型）⇒He smiled.

誰	做動作（是）	人・事物	哪裡	何時
他 **He**	微笑著 **smiled.**			

她是我的英文老師。（第二句型）⇒She is my English teacher.

誰	做動作（是）	人・事物	哪裡	何時
她 **She**	是 **is**	我的英文老師 **my English teacher.**		

我昨天在公園遇到她。（第三句型）⇒I met her in the park yesterday.

誰	做動作（是）	人・事物	哪裡	何時
我 **I**	遇到 **met**	她 **her**	在公園 **in the park**	昨天 **yesterday.**

我借他一本書。（第四句型）⇒I lent him a book.

誰	做動作（是）	人	事物	哪裡	何時
我 **I**	借給 **lent**	他 **him**	一本書 **a book.**		

我們選他為隊長。（第五句型）⇒We elected him our team leader.

誰	做動作（是）	人	事物	哪裡	何時
我們 **We**	選～為～ **elected**	他 **him**	我們的隊長 **our team leader.**		

There 句型

「有～」的句型

　　一般的文法書多將此句型列為第一句型（SV），而本書則是把 There 句型獨立出來，另作篇章來介紹。此句型主要表示「（哪裡）有～」，如：「桌子底下有貓咪」、「桌上有兩本書」等。英文的表達通常要有主詞，因此 There is 的 There 在此處充當主詞，沒有特殊意思。

There句型的語序排列 -

　　There 句型語序欄位中的要素主要有**「誰」**、**「做動作（是）」**、**「哪裡」**。

There is a cat under the table. 桌子底下有一隻貓。

誰	做動作（是）	人・事物	哪裡	何時
		一隻貓	在桌子底下	
There	存在 **is**	**a cat**	**under the table.**	

There is / are... 指的是「（在某場所裡）有不特定的人 [事物]」的意思。在此句型之後接不特定的人或物（如 a cat 或 some books）以及「場所」。

到底是 There is 還是 There are ?

究竟是 There is 還是 There are，**取決於後面連接的名詞數量及人稱。**

There <u>is</u> <u>a</u> <u>child</u> in the park. 公園裡有一個小孩。

誰	做動作（是）	人‧事物	哪裡	何時
存在的 there **There**	存在 **is**	一個小孩 **a child**	在公園裡 **in the park.**	

名詞為「一個小孩」，因此 be 動詞使用 is。

There <u>are</u> <u>some</u> books on the desk. 桌子上有幾本書。

誰	做動作（是）	人‧事物	哪裡	何時
存在的 there **There**	存在 **are**	幾本書 **some books**	在桌子上 **on the desk.**	

後面的名詞「幾本書」是複數，因此 be 動詞使用 are。

「There + be 動詞」除了可用來說明現在的狀態（「有～」）之外，也可表達過去及未來的事情，其 be 動詞會變化如以下形態。 （關於時態的說明請見 p.78）

be 動詞	現在式（有）	過去式（曾經有）	未來式（將會有）
單數	is	was	will be
複數	are	were	will be

※單數表示一人／一個的情形，複數則表示兩人／兩個或以上的情形。

・現在式（有～）→There is/are...

There are many people in that new restaurant.

那間新餐廳裡有很多人。

誰	做動作（是）	人・事物	哪裡	何時
存在的 there **There**	存在 **are**	很多人 **many people**	在那間新餐廳裡 **in that new restaurant.**	

· 過去式（曾經有～）→There was/were...

There was a cat under the table ten minutes ago.

十分鐘前，在桌子底下（曾）有一隻貓。

誰	做動作（是）	人·事物	哪裡	何時
存在的 there **There**	（曾）存在 **was**	一隻貓 **a cat**	在桌子底下 **under the table**	十分鐘前 **ten minutes ago.**

· 未來式（將會有～）→There will be...

There will be a meeting in this room tomorrow.

明天這一間會有會議。

誰	做動作（是）	人·事物	哪裡	何時
存在的 there **There**	將存在 **will be**	一場會議 **a meeting**	在這一間裡 **in this room**	明天 **tomorrow.**

will 是表示「將會…」的助動詞
（助動詞的詳細說明請見 p.82）。

直述句（肯定句・否定句）
也就是「敘述句」

直述句是最基本的句子，用於陳述事實與表達自己的意見或情緒。句子以大寫開頭，以句號結尾，此外還可分成肯定句（如：我喜歡納豆）與否定句（如：我不喜歡納豆）兩種。

直述句的語序排列

直述句（肯定句・否定句）是傳遞一般資訊的句子，其語序排列基本上按照如先前介紹的「語意順序」即可。

肯定句 **They are my classmates.** 她們是我的同學。

誰	做動作（是）	人・事物	哪裡	何時
她們 **They**	＝ （等於） 是 **are**	我的同學 **my classmates.**		

否定句 **They are not my classmates.** 他們不是我的同學。

誰	做動作（是）	人・事物	哪裡	何時
她們 **They**	不是 **are not**	我的同學 **my classmates.**		

> 直述句分為肯定句與否定句。肯定句為「做～」或「是～」；否定句則為「不做～」或「不是～」的意思。

046

be 動詞的肯定句‧否定句

be 動詞（～是～）有 **is, am, are**，過去式為 **was**（is, am）和 **were**（are）。否定句（不是～）則為「**be 動詞 + not**」。

(1) 肯定句（現在式）**She is a teacher.** 她是老師。

（過去式）**She was a teacher.** 她曾經是老師。

(2) 否定句（現在式）**They are not my classmates.**
他們不是我的同學。

（過去式）**They were not my classmates.**
他們之前不是我的同學。

※可以寫成以下縮寫：is (was) not = isn't (wasn't)／are (were) not = aren't (weren't)。

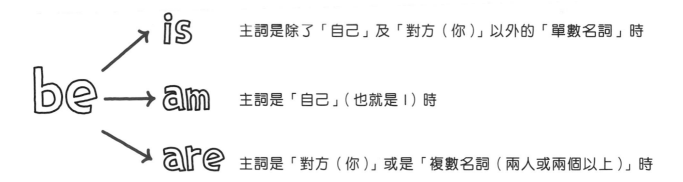

be → **is** 主詞是除了「自己」及「對方（你）」以外的「單數名詞」時

be → **am** 主詞是「自己」（也就是 I）時

be → **are** 主詞是「對方（你）」或是「複數名詞（兩人或兩個以上）」時

　　「一般動詞」意指 be 動詞以外的動詞。一般動詞的否定句（現在式）為「don't / doesn't + 動詞原形」；過去式則為 didn't。

(1)（現在式）肯定句　**I like music.** 我喜歡音樂。

　　　　　⇒ 否定句　**I <u>don't</u> like music.** 我不喜歡音樂。

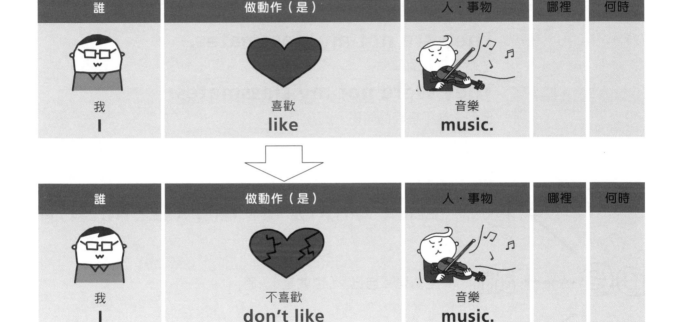

誰	做動作（是）	人・事物	哪裡	何時
我 **I**	喜歡 **like**	音樂 **music.**		

誰	做動作（是）	人・事物	哪裡	何時
我 **I**	不喜歡 **don't like**	音樂 **music.**		

※don't 跟 doesn't 分別是 do not 和 does not 的縮寫。否定句是加上 not 將動作、狀態改為否定，相當於中文的否定是加上「不」，如「做→不做」、「是→不是」，因此否定的詞彙放在「做動作（是）」的欄位就好。

　　當主詞為 He 或 She 時，動詞字尾要加上 (e)s（第三人稱單數現在式的 s），don't 則要變成 doesn't。

（現在式）　肯定句　**She likes music.** 她喜歡音樂。

　　　　⇒ 否定句　**She <u>doesn't</u> like music.** 她不喜歡音樂。

※「第三人稱單數現在式的 s」指的是，當主詞是除了 I 或 You 以外的個人或單一事物，也就是第三人稱單數時，一般動詞的現在式字尾會加上 -s 或 -es（例如：play → plays, study → studies）（詳細說明請參考 p.80）。

(2)（過去式）肯定句　**He play<u>ed</u> the violin <u>yesterday</u>.**
他昨天拉了小提琴。

⇒ 否定句　**He <u>didn't play</u> the violin yesterday.**
他昨天沒拉小提琴。

誰	做動作（是）	人・事物	哪裡	何時
他 **He**	拉了 **played**	小提琴 **the violin**		昨天 **yesterday.**

誰	做動作（是）	人・事物	哪裡	何時
他 **He**	沒拉 **didn't play**	小提琴 **the violin**		昨天 **yesterday.**

一般動詞的過去式形態不會受欄位「誰」（也就是主詞）的影響，否定寫法均為「**didn't + 動詞原形**」（一般動詞過去式的詳細說明請見 p.74）。

疑問句
用問號「？」來詢問對方

　　「疑問句」是在詢問對方問題時使用的句子，分為回答「是」或「不是」的問句（即 Yes / No 問句），以及使用疑問詞 Who（誰）、What（什麼）、Where（哪裡）、When（何時）等的疑問詞疑問句。

疑問句的語序排列 -

　　與疑問句相關的欄位，主要有**「做動作（是）」**與**「百寶箱」**。

· Yes / No 問句→將 be 動詞移到「百寶箱」的位置

Is Kumi a student? Kumi 是學生嗎？

百寶箱	誰	做動作（是）	人‧事物	哪裡	何時
是…嗎 Is	Kumi Kumi	(is)	學生 a student?		

· 疑問詞（5W1H）問句→使用「百寶箱」欄位

What is her name? 她的名字是什麼？

百寶箱	誰	做動作（是）	人‧事物	哪裡	何時
是什麼 What is	她的名字 her name?	(is)	(what)		

　　放在「誰」欄位之前的特殊欄位，我們稱作「百寶箱」，是個處理疑問句、合句、複句時必要的欄位。

Yes / No 類型的疑問句：將 be 動詞移到「百寶箱」欄位

將 be 動詞移到「百寶箱」中，並在句末加上問號「？」。

Is Kumi a student? Kumi 是學生嗎？

百寶箱	誰	做動作（是）	人・事物	哪裡	何時
是…嗎 **Is**	Kumi **Kumi**	是 **(is)**	學生 **a student?**		

回答時，將 Yes 或 No 移到「百寶箱」欄位。若回答 No，則在「做動作（是）」欄位中加入 not。

百寶箱	誰	做動作（是）	人・事物	哪裡	何時
是 **Yes,**	她 **she**	是 **is.**			
不 **No,**	她 **she**	不是 **isn't.**			

※「誰」這欄位會使用如 Kumi → She / Kenji → He / Kumi and Kenji → they 的代名詞。英文中一般不重複使用前面已經提到過的名詞，會盡可能以代名詞來替換（關於代名詞的詳細說明請見 p.154）。

英文中一般不重複使用相同的名詞，而是會使用代名詞來替換

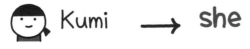 Kumi ⟶ she

 Kenji ⟶ he

 Kumi and Kenji ⟶ they

詢問現在、當下的事情（你做～嗎？）時，請將 Do / Does（現在式）放在「百寶箱」欄位中，並在「做動作（是）」欄位中使用原形動詞。詢問過去的事情（你當時做了～嗎？）時，則將 Did 放在「百寶箱」欄位，同時「做動作（是）」欄位中也是使用原形動詞。

Do you like coffee? 你喜歡咖啡嗎？

百寶箱	誰	做動作（是）	人·事物	哪裡	何時
～嗎？ **Do**	你 **you**	喜歡 **like**	咖啡 **coffee?**		

Yes, I do. ／ No, I don't. 是，我喜歡。／不，我不喜歡。

百寶箱	誰	做動作（是）	人·事物	哪裡	何時
是 **Yes,**	我 **I**	喜歡 **do.**			
不 **No,**	我 **I**	不喜歡 **don't.**			

主詞為 He 或 She 時，Do 要改成 Does。

Does she like dogs? 她喜歡狗嗎？
⇒ Yes, she does.／No, she doesn't.

對，她喜歡。／不，她不喜歡。

使用疑問詞的問句：詢問地點 Where（哪裡）、時間 When（何時）等的句子

> 疑問詞是什麼？

疑問詞就是 **Who**（誰）、**What**（什麼）、**Where**（哪裡）、**When**（何時）、**Why**（為什麼）、**How**（如何）的 5W1H。

疑問詞疑問句指的像是 **What time is it?**（現在幾點？）或 **Where is the library?**（圖書館在哪裡？）等這樣的句子。語意順序表中的「誰」、「事物」、「哪裡」、「何時」，就包含了 5 W 1 H 的其中四項。也就是說，只要使用語意順序的基本結構，就能寫出 Who、What、Where、When 的句子。
※補充要素的 Why 及 How 則要使用「百寶箱」欄位。

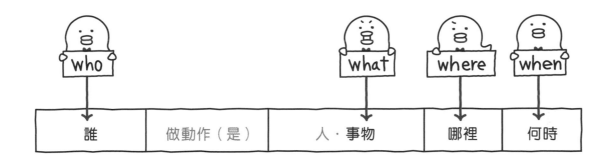

誰	做動作（是）	人・事物	哪裡	何時

> 只要用這些，就能寫出疑問句了！

請將疑問詞放在「百寶箱」欄位的位置，並在後面接疑問句。讓我們一邊反問確認，一邊看句子吧！

He plays soccer <u>in the park</u> after school. 下課後，他都會<u>在公園</u>踢足球。

↑試著針對底線內容，寫出詢問該內容的問句吧。

「在公園」表示場所，因此要將 in the park 改為「在哪裡？（Where?）」，並移到「百寶箱」的位置。

誰	做動作（是）	人‧事物	哪裡	何時
他 **He**	踢 **plays**	足球 **soccer**	在公園 **in the park**	下課後 **after school.**

百寶箱	誰	做動作（是）	人‧事物	哪裡	何時
～呢？ **Does**	他 **he**	踢 **play**	足球 **soccer**	（在哪裡？） **(Where?)**	下課後 **after school?**

百寶箱	誰	做動作（是）	人‧事物	哪裡	何時
在哪裡呢？ **Where does**	他 **he**	踢 **play**	足球 **soccer**	（在哪裡？） **(Where?)**	下課後 **after school?**

⇒ Where does he play soccer after school?

他下課後，在哪裡踢足球？

Her name is____?____. （什麼？）
⇒ What is her name? 她的名字是什麼？

誰	做動作（是）	人・事物	哪裡	何時
她的名字 **Her name**	是 **is**	（什麼？） **(what?)**		

百寶箱	誰	做動作（是）	人・事物	哪裡	何時
是什麼？ **What is**	她的名字 **her name?**	**(is)**	（什麼？） **(what?)**		

> **也有不把疑問詞放入「百寶箱」的寫法！** -

把 who 直接放在「誰」欄位的位置。

____?____ broke the window. （誰？）
⇒ Who broke the window? 是誰打破了窗戶？

誰	做動作（是）	人・事物	哪裡	何時
（誰？） **(Who?)**	打破了 **broke**	窗戶 **the window.**		

百寶箱	誰	做動作（是）	人・事物	哪裡	何時
	誰 **Who**	打破了 **broke**	窗戶 **the window?**		

※broke 為 break（弄壞）的
過去式。

> 此處的寫法是不把疑問詞放在「百寶箱」位置的寫法。詢問主詞時，只要將疑問詞直接帶入欄位「誰」中即可。

祈使句
加上 Please 也是命令口吻

坐下！

　　像是「打開窗戶」、「不要在這裡游泳」等要求對方，或是如「請您打開窗戶」等拜託對方時所使用的句子，就是祈使句。祈使句一般所指的對象，大多是「你（你們、您）」，因此會省略主詞 You（放在「誰」欄位的主詞）。

祈使句的語序排列 --

　　祈使句語序欄位中的要素，主要是 **「做動作（是）」**。

Open the window. 打開窗戶。

誰	做動作（是）	人・事物	哪裡	何時
（省略）	打開 **Open**	窗戶 **the window.**		

> **祈使句「去做～」使用原形動詞！**
> 祈使句的對象基本上為「你（你們、您）」，因此會省略欄位「誰」的主詞 You。中文的「去做～」聽起來好像很強勢，但根據不同情境及親疏關係，也可以理解成「做～吧！」。

即使加上 Please 也是命令口吻！？

在句首或句尾加上 Please（請）雖然能讓句子變得委婉一些，但是並**不會改變祈使句本身具有命令的功能**，因此若說話的對象是長輩就要特別留意。

請打開窗戶。
Please open the window.

好…好的…

※比較禮貌的問法是用 Would you~? 或 Could you~?（能請您～嗎？）等來代替 Please~。

祈使句「不要做～」

Don't swim here. 不要在這裡游泳。

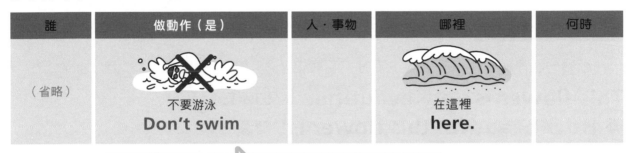

誰	做動作（是）	人・事物	哪裡	何時
（省略）	不要游泳 Don't swim		在這裡 here.	

祈使句的否定寫法為「Don't + 動詞原形」（不要做～）。

邀約「（我們）一起來做～吧」的句子

Let's swim here. 我們在這裡游泳吧。

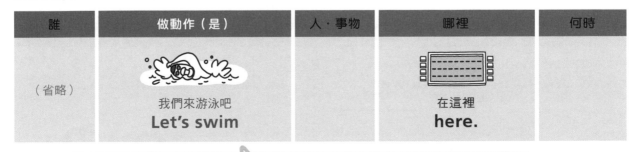

誰	做動作（是）	人・事物	哪裡	何時
（省略）	我們來游泳吧 Let's swim		在這裡 here.	

「（我們）一起來做～吧！」此邀約意義的句子，用「Let's + 動詞原形」開頭。

057

感嘆句

用於表示驚訝的表達「什麼！？」

　　「這朵花真是太美了！」、「她小提琴拉得真好！」等這類表示感嘆的句子，主要用於表示驚訝、喜悅、悲傷等情緒。分為 What 及 How 兩種表現法，而且句末使用的是驚嘆號（!）而非句號。

哇！

感嘆句的語序排列

　　感嘆句語序欄位中的要素，主要有「百寶箱」、「誰」、「做動作（是）」。

This flower is very beautiful. 這朵花很美。

⇒ How beautiful this flower is! 這朵花真是太美了！

誰	做動作（是）	人・事物	哪裡	何時
這朵花 **This flower**	是 **is**	很美 **very beautiful.**		

百寶箱	誰	做動作（是）	人・事物	哪裡	何時
真是太美了 **How beautiful**	這朵花 **this flower**	是 **is!**	很美 **(very beautiful)**		

與 How 連接句子就會變成「真是太～」「多麼～」的意思。使用 How 的句型，並將其移到百寶箱欄位吧！

How 感嘆句及 What 感嘆句

　　就「真是漂亮！」、「真是頂漂亮的帽子！」這兩個句子來說，「真是」之後是否要加上名詞（如「帽子」），英文分為 How~! 及 What~! 兩種用法。

　　使用 How 感嘆句時，名詞不放在「百寶箱」欄位內，而是放在「誰」欄位，以「**How＋形容詞 [副詞] ＋主詞＋動詞**」句型來表示「真是～！」，而且 How＋形容詞 [副詞] 是放在「百寶箱」欄位中。

This boy is very tall. 這男孩非常高。
⇒ How tall this boy is! 這男孩真高啊！

百寶箱	誰	做動作（是）
真高啊 **How tall**	這男孩 **this boy**	是 **is!**

　　使用 What 感嘆句時，則要將名詞（人或物）放在「百寶箱」欄位內。以「**What (a/an) ＋形容詞＋名詞＋主詞＋動詞**」來表示「真是～（形容詞）的○○（名詞）！」。在這個句型中，名詞的使用是關鍵。

He is a very kind boy. 他是個非常貼心的男孩。
⇒ What a kind boy he is! 他真是個貼心的男孩！

百寶箱	誰	做動作（是）	人‧事物	哪裡	何時
真是個貼心的男孩 **What a kind boy**	他 **he**	是 **is!**	一個非常貼心的男孩 **(a very kind boy)**		

※使用 what 開頭，並將「人‧事物」欄位中的 a very kind boy 移到「百寶箱」欄位。

　　寫感嘆句時，表達「真～」或「真是個～」的差異：

「真～」：<u>不使用名詞時</u> ⟶ **how** how tall

「真是個～」：<u>使用名詞時</u> ⟶ **what** what a kind boy

我們來看以下例子。

· 使用副詞的類型

He can swim very fast. 他可以游得很快。
⇒ How fast he can swim! 他游得可真是快啊！

百寶箱	誰	做動作（是）
真是快 **How fast**	他 **he**	可以游得 **can swim!**

· 使用一般動詞（be 動詞以外的動詞）的類型

She has very big dogs. 她有養幾隻很大的狗。　※have: 擁有
⇒ What big dogs she has! 她養的狗真是大隻啊！

百寶箱	誰	做動作（是）	人・事物	哪裡	何時
狗真是大隻啊 **What big dogs**	她 **she**	養的 **has!**			

> 名詞若是複數 (big dogs)，則不加上 a / an。

MEMO

「多久了？」「真老舊！」

下面（1）和（2）兩個句子僅僅 this building 與 is 的順序不同而已，但意思卻差了十萬八千里。(1) 為疑問句：**動詞＋主詞**；(2) 為感嘆句：**主詞＋動詞**。

（1）**How old is this building?** 這棟建築物存在多久了？

百寶箱	誰	做動作（是）	人‧事物	哪裡	何時
存在多久了 **How old is**	這棟建築物 **this building?**	(is)			

（2）**How old this building is!** 這棟建築物真是老舊啊！

百寶箱	誰	做動作（是）	人‧事物	哪裡	何時
真老舊 **How old**	這棟建築物 **this building**	是‧～啊！ **is!**			

▷ 口語中常省略「主詞＋動詞」

實際日常會話中，當說話者與聽者雙方都清楚知道彼此在說什麼時，可省略感嘆句中的「主詞＋動詞」。

How nice! （打開禮物時）真棒！

百寶箱	誰	做動作（是）	人‧事物	哪裡	何時
真棒 **How nice!**	（省略） **it**	（省略） **is**			

What a day! 多（棒）的一天啊！

百寶箱	誰	做動作（是）	人‧事物	哪裡	何時
多～（省略形容詞）的一天 **What a**（省略形容詞）**day!**	（省略） **it**	（省略） **is**			

看穿英文句子的架構

英文與中文一樣，有短句也有長句。想了解英文句子的架構，就要留意以下重點。

句子裡的「語意集合」：詞組與子句

句子基本上可按照語意的集合來做拆解，不過依照是否含有「主詞＋動詞」，又可再分為兩種：一種是**不含「主詞＋動詞」的詞組（或片語）**，另一種是**含有「主詞＋動詞」的子句**。**詞組與子句皆由兩個或兩個以上的詞語所組成，同時個別發揮一個詞類的功能。** （關於詞類的詳細說明請見 p.149）

（1）**The boy** left **the key** on the table. 那名男孩將鑰匙留在桌上。

→The boy（那名男孩）、the key（鑰匙）為**名詞詞組**，**發揮名詞的功能**，而 on the table（桌上）則是**介系詞詞組**，做為副詞的功用。

（2）**I like tennis** and **she likes soccer**. 我喜歡網球，而她喜歡足球。

→這個句子是由 I like tennis.（我喜歡網球）與 she likes soccer.（她喜歡足球）這**兩個子句**（「主詞＋動詞」）所構成。

（3）**I think** that **she likes soccer**. 我認為她喜歡足球。

→這個句子是由 I think（我認為）與 she likes soccer.（她喜歡足球）這**兩個子句**所組成。

句子的三種形態（單句・合句・複句）

　　接下來，我們逐一按照子句類型來看句子。句子一般是由「主詞＋動詞」組成，僅僅只有一組子句的句子，稱作**單句**。至於有使用連接詞（連接子句的詞類），並由兩組以上的「主詞＋動詞」（子句）所組成的句子，稱作**合句**或**複句**。合句與複句的差異，則在於不同連接詞的**連接方式**。（關於連接詞的詳細說明請見 p.172）

只要了解架構，就不必強迫自己
去背專業術語了。

1. 單句：一組「主詞＋動詞」（子句）

<u>**The boy left**</u> **the key on the table.** 那名男孩將鑰匙留在桌上。

→只有一組「主詞＋動詞」的子句（The boy left），因此屬於單句。

2. 合句：兩組以上的「主詞＋動詞」（子句）

連接詞：and, but, or 等

<u>**I like tennis**</u> **and** <u>**she likes soccer**</u>**.** 我喜歡網球，而她喜歡足球。

→有 I like 與 she likes 這兩組「主詞＋動詞」的子句。
　以連接詞來連接兩個<u>對等</u>的子句，這種句子稱作合句。

3. 複句：兩組以上的「主詞＋動詞」（子句）

連接詞：that, if, when, as 等

<u>**I think**</u> **[that** <u>**she likes soccer**</u>**].** 我認為她喜歡足球。

→有 I think 與 she likes 這兩組「主詞＋動詞」的子句。
　兩個子句<u>不對等</u>，that 之後的子句作為 I think 的受詞，這種句子稱作複句。

單句

只有一組「主詞＋動詞」所組成的句子

I play baseball.

主詞＋動詞

單句指的是由一組「主詞＋動詞」所組成的句子。例如：The baby smiled.（The baby＝主詞、smiled＝動詞）或 I play soccer.（I＝主詞、play＝動詞、soccer＝受詞），這些句子都只有一組「主詞＋動詞」。

單句的語序排列

單句語序欄位中的要素，主要有**「誰」**、**「做動作（是）」**。

The baby smiled in this room just now. 嬰兒剛才在這間房間笑了。

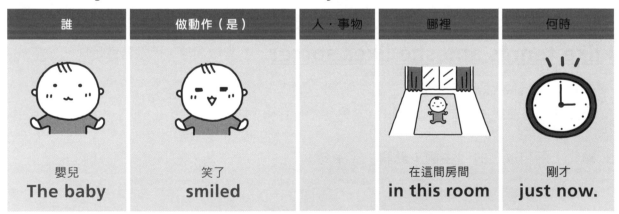

誰	做動作（是）	人・事物	哪裡	何時
嬰兒 **The baby**	笑了 **smiled**		在這間房間 **in this room**	剛才 **just now.**

單句就是**只有一組「主詞＋動詞」**的句子。

五大句型裡的各類單句

　　以下五大句型裡的五個例句，不論是肯定句還是否定句，所有的句子都只有一組「主詞＋動詞」。

(1) **The baby smiled.** 寶寶笑了。
(2) **My mother isn't a doctor.** 我媽媽不是醫生。
(3) **Children like music.** 孩子們喜歡音樂。
(4) **I will give her a present.** 我會給她一個禮物。
(5) **They didn't call him John.** 他們不叫他約翰。

句型	誰	做動作（是）	人・事物	
1	The baby	smiled.		
2	My mother	isn't		a doctor.
3	Children	like		music.
4	I	will give	her	a present.
5	They	didn't call	him	John.

合句
由兩組或兩組以上的「主詞＋動詞」所構成的句子

合句是將兩個或兩個以上的對等子句（「主詞＋動詞」），以連接詞來連接所構成的句子。在 <u>I like</u> baseball, and <u>my sister likes</u> soccer. 這個句子中，以 and 連接 I like 及 my sister likes 這兩個子句。合句的特徵就是，即使將這兩個子句拆開，也能獨立成一個句子。

合句的語序排列

合句語序欄位中的要素，主要有「百寶箱」、「誰」、「做動作（是）」。

I like baseball, and my sister likes soccer.
我喜歡棒球，而我妹妹喜歡足球。

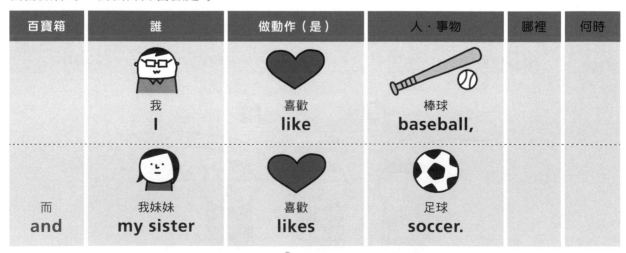

百寶箱	誰	做動作（是）	人·事物	哪裡	何時
	我 I	喜歡 like	棒球 baseball,		
而 and	我妹妹 my sister	喜歡 likes	足球 soccer.		

合句就是以連接詞 and, but, or 等，連接兩個對等的子句。連接詞要放在「百寶箱」欄位，並將語意順序表增加成兩層。

對等連接兩個子句的連接詞（對等連接詞）

She is reading, but he is sleeping. 她正在讀書，但是他正在睡覺。

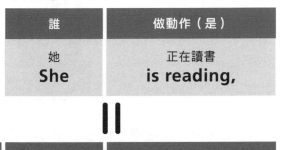

誰	做動作（是）
她 She	正在讀書 is reading,

這兩個子句在文法上屬於對等關係。

百寶箱	誰	做動作（是）
但是 but	他 he	正在睡覺 is sleeping.

可對等地連接兩個子句的連接詞有 and, but, or, so 等。（關於連接詞的詳細說明請見 p.172）

Do your homework, or you will fail the exam.

去做作業，否則你考試會不及格。

百寶箱	誰	做動作（是）	人・事物	哪裡	何時
	（省略）	去做 Do	作業 your homework,		
否則 or	你 you	會不及格 will fail	考試 the exam.		

即使在祈使句中會省略「誰」的元素，但兩個子句還是對等關係。

複句

主從關係的句子

複句是由兩個或兩個以上的子句所構成的句子,不過這些子句在文法上的關係並非彼此對等,如 **When** I came home, he was watching TV.(**當**我回到家時,他正在看電視)。這個句子的重心是放在 he 後面的子句(**主要子句**),而 when 引導的子句為**從屬子句**。

複句的語序排列

複句語序欄位中的要素,主要有「**百寶箱**」、「**誰**」、「**做動作(是)**」。

I think that they will win the game. 我認為他們會贏得比賽。

誰	做動作(是)	人・事物
我 **I**	認為 **think**	他們會贏得比賽 **that they will win the game.**

百寶箱	誰	做動作(是)	人・事物
～這件事 **that**	他們 **they**	會贏得 **will win**	比賽 **the game.**

句子的重心
(主要子句)

句子
I think
that...

(從屬子句)

複句就是由「主要子句」以及表示「～這件事」、「當～時」、「因為～」、「假如～」等的從屬子句所組成的句子。

主要子句與從屬子句的連接詞（從屬連接詞）

主要子句與從屬子句的連接詞有 that, if, when, as 等。

I will call you when I arrive at the station.

當我到車站時，我會打給你。

百寶箱	誰	做動作（是）	人・事物	哪裡	何時
	我 I	會打（電話）給 will call	你 you		
當～時 when	我 I	抵達 arrive		車站 at the station.	

子句和子句之間可以用 **that, when, because, if** 等連接詞來連接。（關於連接詞的詳細說明請見 p.172）

I didn't go there because I was tired.

我沒有去那裡，因為我當時很累。

百寶箱	誰	做動作（是）	人・事物	哪裡	何時
	我 I	沒有去 didn't go		那裡 there	
因為 because	我 I	當時是 was	累 tired.		

MEMO

第3章

過去　現在　未來

掌握各項
文法規則

動詞
句子的「心臟」

　　動詞是句子的核心角色。舉例來說，若只有「他」、「咖啡」這兩個詞彙，這樣無法知道究竟是「喝」咖啡，還是「泡」咖啡，亦或者是「喜歡」咖啡，還是「討厭」咖啡。若缺少動詞，句子就無法成立。

或走或跑或吃或喝⋯

全由我決定！

動詞的位置

　　動詞的欄位是**「做動作（是）」**。

My son plays baseball on weekends. 我兒子在週末打棒球。

誰	做動作（是）	人・事物	哪裡	何時
我兒子 **My son**	打 **plays**	棒球 **baseball**		在週末 **on weekends.**

> 動詞分為「be 動詞（是）」和「一般動詞（做）」兩種。

因時態而變化的動詞樣貌（動詞變化）

　　動詞的形態有**原形、現在式、過去式、過去分詞，以及 -ing 形**。原形指的是動詞的原貌，也就是基本形態。

　　現在式表示「現在的時態」；過去式表示「過去的時態」；過去分詞則分為「完成式（have / had ＋過去分詞）」及「被動式（be ＋過去分詞）」；-ing 形則與現在分詞及動名詞有著密不可分的關係。關於時態、完成式、被動態、動名詞及分詞，會從下一章節開始做詳細地說明。

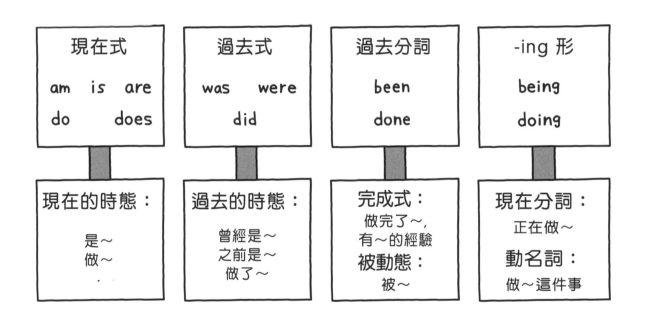

　　一般動詞的過去式與過去分詞，分為規律做變化的「規則動詞」，與不規則變化的「不規則動詞」。

(1) 規則動詞

一般在字尾加上 -ed，表示過去式或過去分詞。

⇒ [原形] walk, [過去式] walked, [過去分詞] walked

雖然基本原則是加上 -ed，不過出現以下情形時要特別留意。

　　① 以 -e 結尾的動詞 → 只加 d（live**d**）

　　② 子音＋y → 去 y 加 ied（stud**ied**）

　　③ 短母音＋一個子音 → 重複子音再加 -ed（stop**ped**）

基本原則　　　　以 -e 結尾　　　短母音＋1個子音

walked　　lived　　stopped

> 母音也就是 a, e, i, o, u 五個字母，這五個字母以外全都是子音喔。

(2) 不規則動詞（獨特的動詞變化）

不規則動詞有以下四種變化類型。

	原形（A）	過去式（B）	過去分詞（C）
ABB 型	teach	taught	taught
ABA 型	come	came	come
ABC 型	speak	spoke	spoken
AAA 型	cut	cut	cut

及物動詞與不及物動詞

一般動詞分為後面不接受詞的動詞，以及接受詞的動詞。我們來看以下兩個句子。

My father runs in the park every morning.

我父親每天早上都在公園跑步。

誰	做動作（是）	人・事物	哪裡	何時
我父親 **My father**	跑步 **runs**		在公園 **in the park**	每天早上 **every morning.**

My sister plays the piano at home every day.

我妹妹每天都在家彈鋼琴。

誰	做動作（是）	人・事物	哪裡	何時
我妹妹 **My sister**	彈 **plays**	鋼琴 **the piano**	在家 **at home**	每天 **every day.**

看得出以上兩者的差異嗎？第二個句子在「人・事物」欄位中，有「the piano（鋼琴）」這個受詞，而第一個句子卻沒有。**不需要受詞的「動詞」**，也就是指**動詞後面的「人・事物」欄位是空白者，稱作「不及物動詞」**；需要受詞的動詞，稱作**「及物動詞」，「及物動詞」的後面一定要連接受詞。**

我們來看其他例子。

不及物動詞　**I slept for fifteen hours.**　我睡了十五個小時。

及物動詞　　**I met her at the party.**　我在派對上遇見了她。

在字典中，及物動詞一般會標上（Vt.），不及物動詞則會標上（Vi.）。此外，有些動詞會同時帶有及物與不及物兩種用法。

無法說明具體動作的動詞:「狀態動詞」

　　動詞除了有「游泳」、「跑步」等表示**動作(做～)**的**動作動詞**之外,還有表示**狀態**的**狀態動詞**。

> 什麼是狀態動詞?

狀態動詞就是 have, like, love, want, know 等「無法做出動作的動詞」。be 動詞無法做出具體動作,因此也屬於狀態動詞。

動作動詞　　　　　　　　　　　**狀態動詞**

MEMO

動詞中有些動詞和 have 一樣,同時表示動作及狀態。

have　[動作] 吃、喝～
　　　　　[狀態] 有～(擁有)

I'm having lunch. 我在吃午餐。
I have a cat. 我有貓。

動詞後帶有其他詞彙的「動詞片語」- -

動詞也可以跟副詞或介系詞等結合，以「多個詞彙組合成一個動詞意義」。這種詞語稱作**動詞片語**，例如：get up（起床）、take care of（照顧）、put up with（忍耐）等。

I get up at seven thirty in the morning. 我早上七點半起床。

將動詞片語全部放入「做動作（是）」的欄位。

I can't put up with this long meeting. 我無法忍受這個冗長的會議。

跟 p.75 提到的情況一樣，動詞片語也如上面這兩個句子，分為需要「人・事物」與不需要的這兩類。

基本時態

現在・過去・未來，究竟是何時？

　　基本時態分為①現在（做～）、②過去（做了～）、③未來（將會做～）。不同於中文的時態表現方式，英文從語序及動詞變化便能馬上知道句子的時態。「描述是何時的事情」，也就是時態，在英文中扮演十分重要的角色。

過去　　現在　　未來

時態的語序排列

　　與時態相關的欄位主要有「**做動作（是）**」及「**何時**」！

❶ 現在式

She is a high school student now. 她現在是個高中生。

誰	做動作（是）	人・事物	哪裡	何時
她 **She**	是 **is**	一個高中生 **a high school student**		現在 **now.**

❷ 過去式

She was an elementary school student ten years ago.
她十年前是個小學生。

誰	做動作（是）	人・事物	哪裡	何時
她 **She**	是 **was**	小學生 **an elementary school student**		十年前 **ten years ago.**

❸ 未來式

She will be a college student next year. 她明年會成為大學生。

誰	做動作（是）	人・事物	哪裡	何時
她 **She**	會成為 **will be**	大學生 **a college student**		明年 **next year.**

時態分為現在時態、過去時態及未來時態，而且每個時態都有「進行式」及「完成式」。（進行式與完成式的詳細說明，請見 p.86、p.90）

現在時態

現在時態用於陳述日常習慣或是事實，先好好掌握現在時態是理解時態觀念的重要關鍵。現在時態最少可以分成以下三種用法。

（1）表示現在的狀態或性質

She is kind. 她很善良。

誰	做動作（是）	人・事物	哪裡	何時
她 **She**	是 **is**	善良的 **kind.**		

（2）表示現在的習慣

He usually gets up at seven every morning.
他每天早上通常是在七點起床。

誰	做動作（是）	人・事物	哪裡	何時
他 **He**	通常起床 **usually gets up**			每天早上七點 **at seven every morning.**

> 動詞前可以加上 usually 或 always。

> 「何時」欄位也可用 once a day（一天一次）、once a week（一週一次）、on Sundays（每週日）等詞彙。

（3）表示不變的真理或社會通則

The earth goes around the sun. 地球繞著太陽轉。

誰	做動作（是）	人·事物	哪裡	何時
地球 **The earth**	移動 **goes**		太陽的四周 **around the sun.**	

例句 (2) (3) 中的 gets up、goes，因為主詞是 I 和 You 以外的第三人稱單數（一個人／一個事物），因此動詞現在式的後面要加上 -(e)s，也就是所謂的第三人稱單數現在式的 s。

「性質或狀態」、「不變的真理」等因為「總是維持同一個樣子」，所以「時間」欄位中通常不放任何詞彙。我們來跟過去、未來時態比較看看吧！

過去時態

過去時態指的是，使用動詞的過去式來描述過去發生的事情、動作與狀態等。

She was in the hospital last year. 她去年住院。

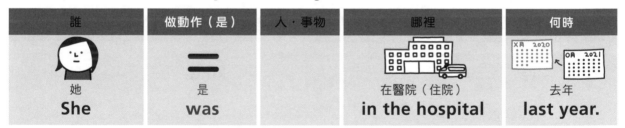

誰	做動作（是）	人·事物	哪裡	何時
她 **She**	是 **was**		在醫院（住院） **in the hospital**	去年 **last year.**

I worked in the office last Sunday. 我上星期天在辦公室工作。

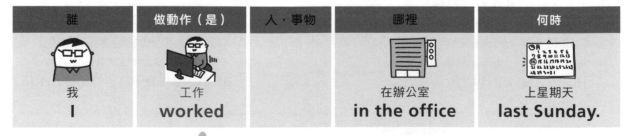

誰	做動作（是）	人·事物	哪裡	何時
我 **I**	工作 **worked**		在辦公室 **in the office**	上星期天 **last Sunday.**

動詞的過去式分為 work**ed**、stud**ied** 等在字尾加上 **(e)d** 的**規則動詞**，以及有不規則變化的**不規則動詞**，如 go 的過去式 **went**、break 的過去式 **broke** 等（動詞請參考 p.74）。

未來式的表現

　　動詞沒有未來的形態變化，因此一般使用「will + 動詞原形」或「be going to + 動詞原形」，來表示「將會～」或「打算～」。

・will + 動詞原形（將會做～）

I will be twenty years old soon. 我馬上就要二十歲了。

誰	做動作（是）	人・事物	哪裡	何時
我 I	將要成為 will be	二十歲 twenty years old		馬上 soon.

> will 是帶有「將要～」意思的助動詞（助動詞的詳細介紹請見 p.82）

・be going to + 動詞原形（打算做～）

I am going to stay in London next summer.

明年夏天，我打算待在倫敦。

誰	做動作（是）	人・事物	哪裡	何時
我 I	打算待 am going to stay		在倫敦 in London	明年夏天 next summer.

> 未來的事物本身就充滿不確定性，因此事先決定或帶有強烈意圖的情況，普遍傾向使用 be going to。

will　　　　be going to

助動詞
動詞「做動作（是）」的調味料

　　「助動詞」，如字面意義「助・動詞」就是幫助動詞的詞彙。以「踢足球」這個動作為例，當要表示意志時，會使用「我要踢足球」；當要表示許可時會用「我可以踢足球嗎」；又或是「我會踢足球」（當要表示能力、可能時），像是以上這些例子，助動詞有幫助**動詞「做動作（是）」調味**的功能。

助動詞的位置

　　助動詞的位置是在「**做動作（是）**」欄位。

I take the exam. 我參加考試。

誰	做動作（是）	人・事物	哪裡	何時
我 I	參加 take	考試 the exam.		

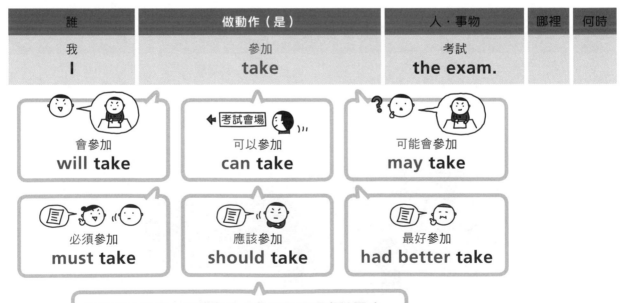

082

助動詞的種類與使用方式

經常使用的助動詞有以下幾個。括號內的是過去式。

will (would)
將會，將要

will 表示主詞的意志。疑問句（Will you ~ ?）表示請求的意思。Would you 則是委婉請求的表現。

can (could)
可以，能

can 表示主詞的能力。疑問句（Can you ~ ?）表示請求的意思。Could you 則是委婉請求的表現。

may (might)
可以，可能

使用 You may 表示允許，May I 表示詢問許可。may 表示針對現在或未來事物的推測或可能性。

must / have to （had to）
必須

表示義務或必須。You must / have to 帶有命令或強烈要求的意思。否定時，兩者間的意思略有差異。

shall (should)
要做～，應該做～

Shall I / we 帶有「要不要我～、大家一起來做～嗎？」的意思。He shall 則是「他應該做～」的意思。

ought to
應該，應當

表示現在的義務或合邏輯的推測。與 should 意思相同，不過 should 是比較常用的表現方式。

used to
曾經～，過去～

表示過去的習慣、狀態或事實。過去的習慣也可以使用 would 來表示，不過 used to 帶有「過去一段時間持續的動作」及「現在不會這麼做」的強烈語感。

had better
最好～

當主詞為 I 或 we 時，帶有提醒的意思。當主詞為 you 時（You had better），帶有忠告、告誡對方的意思。

need
需要

作為助動詞的 need，一般用於否定句（need not）或疑問句（Need you~?）。

　　must 與 have to（第三人稱為 has to）在肯定句時，兩者皆為「必須」的意思，不過在否定句時，兩者的意思略有差異。

You must [have to] take the exam. 你必須參加考試。

〈must not 表示禁止〉

You must not take the exam.
你不行去參加考試。

〈don't/doesn't have to ~ 表示不用、不需要〉

You don't have to take the exam.
你不需要參加考試。

had better「最好」用於表示忠告、勸告的時候。

You go to the movie theater. 你去電影院。
⇒ You had better go to the movie theater. 你最好去電影院。

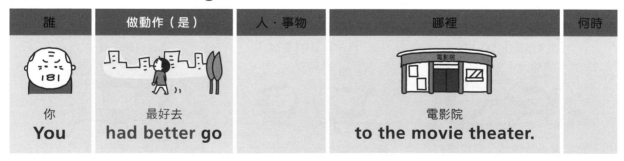

誰	做動作（是）	人・事物	哪裡	何時
你 **You**	最好去 **had better go**		電影院 **to the movie theater.**	

過去式的形態，卻不是過去的意思！？

　　助動詞也有過去式，如 will → would、can → could、may → might。不過就以下要介紹的表現來說，主要是委婉的表達，因此即使時間點是現在，也使用過去式形態來表現。以下是過去式的長相，但卻是表示現在意義的用法。

（1）would like to ~
would 用在 would like to ~ 的句型時，會變成「我想要～」的意思，是委婉地向對方說出意見或期望的表現方式。

I would like to help you. 我想幫助你。

誰	做動作（是）	人‧事物	哪裡	何時
我 I	想幫助 would like to help	你 you.		

（2）Could you ~? / Would you ~?
疑問句 Can you ~?（你可以～？）/ Will you ~?（你會～？），是僅用於如朋友這類關係親近的對象的日常會話表現。若用於對象是長輩或需要委婉拜託的情形時，會改用過去式形態 Could you ~? / Would you ~?，來表示「能請您～嗎？」

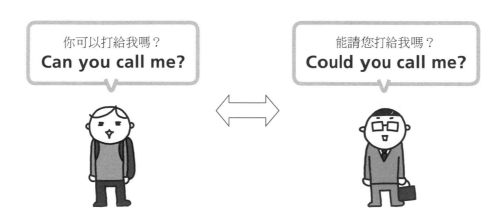

你可以打給我嗎？
Can you call me?

能請您打給我嗎？
Could you call me?

進行式
現在，正在做！

　　大家現在正在做什麼呢？正在看這本書，對吧！就像這樣，「現在，我正在看書」表示進行中的動作，所使用的就是進行式。這一章節會介紹①現在進行式、②過去進行式、③未來進行式。

進行式的語序排列 -

　　與進行式相關的欄位有「**做動作（是）**」、「**時間**」。

My sister is swimming now. 我妹妹現在正在游泳。

誰	做動作（是）	人·事物	哪裡	何時
我妹妹 **My sister**	正在游泳 **is swimming**			現在 **now.**

> 進行式「**be + 動詞 -ing**」表示動作「**正在進行**」。另外要注意一下動作是「**何時**」發生的。

※進行式的 -ing 形又叫現在分詞（詳細說明請見 p.112）。

是「現在」、「那個時候」還是「未來當下」

進行式指的是，**在某個時間點當下，動作正在進行。**

① 現在進行式（現在正在～）[am / is / are] + 動詞-ing

He is playing the piano now. 他現在正在彈鋼琴。

誰	做動作（是）	人·事物	哪裡	何時
他 **He**	正在彈 **is playing**	鋼琴 **the piano**		現在 **now.**

動作進行中

現在這個時間點

② 過去進行式（當時正在做～） [was / were] + 動詞-ing

She was watching TV when I came home.
當我回到家時，她正在看電視。

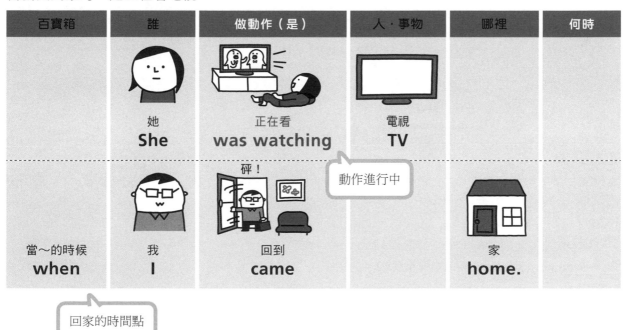

百寶箱	誰	做動作（是）	人·事物	哪裡	何時
	她 **She**	正在看 **was watching**	電視 **TV**		
當～的時候 **when**	我 **I**	回到 **came**		家 **home.**	

動作進行中

回家的時間點

③ 未來進行式（未來的某個當下開始持續做～）will be + 動詞-ing

They will be studying when you get up.

當你起床時，他們將開始學習。

百寶箱	誰	做動作（是）	人·事物	哪裡	何時
	他們 **They**	將開始學習 **will be studying**　動作將開始持續進行			
當～的時候 **when**	你 **you**　起床的時間點	起床 **get up.**			

MEMO

進行式用於「動作」的表現，因此像 like, love, want, know 等表示「狀態」的「狀態動詞」，一般不使用進行式。（狀態動詞請見 p.76）

I know him.　我認識他。

She belongs to a soccer team.　她隸屬於一支足球隊。

He resembles his father.　他很像他父親。

進行式也用於很近的未來，表示「準備要開始～」

　進行式不僅能用於「正在～」，也能用於「準備要開始～」、「即將到來的未來～」（將要發生）」。

The train is leaving. 火車要開了。

誰	做動作（是）	人・事物	哪裡	何時
火車 The train	要開了 is leaving.			

It is getting dark. 天色變暗了。

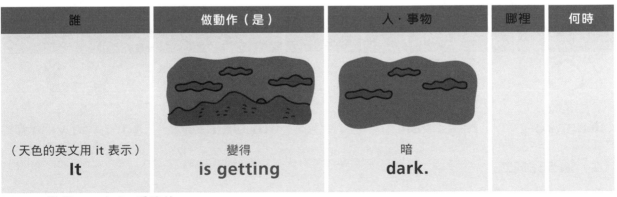

誰	做動作（是）	人・事物	哪裡	何時
（天色的英文用 it 表示） It	變得 is getting	暗 dark.		

※ get: 變得～，dark: 昏暗的

完成式
回顧所走過的路

已經來到這麼遠的地方了！

　　「現在式、過去式、未來式」這三者主要是呈現事件究竟是「何時發生的」，然而完成式則是用來表示「（回顧過去到現在）狀況究竟如何」。如「（從過去到現在這個時間點）已經寫完作業」、「（到那個時候為止）都沒有去過美國」或「距離國中已畢業滿十年」等，從某個時間點回顧過去，就是這個文法的重點。

完成式的語序排列

　　與完成式相關的欄位，主要是「做動作（是）」、「何時」。

（1）現在完成式

Kanako has lived in Okinawa for nine years.

Kanako 在沖繩已經住了九年。

誰	做動作（是）	人・事物	哪裡	何時
Kanako **Kanako**	已經住了 **has lived**		在沖繩 **in Okinawa**	長達九年 **for nine years.**

（2）過去完成式

She had never lived in Okinawa until she moved there nine years ago.

直到她九年前搬到沖繩為止，她都不曾住過沖繩。

※until: 直到～為止，move: 搬家

（3）未來完成式

Kanako will have lived in Okinawa for ten years next year.

明年的時候，Kanako 住在沖繩就要滿十年了。

完成式就是「回顧發生了什麼事？」

完成式有「現在完成式」、「過去完成式」及「未來完成式」。讓我們來分別確認其意義及所代表的情境吧。

完成式	英文	意義
現在完成式	**have / has +** 過去分詞	（從過去直到現在這個時間點）已經做完～了【表示完成】 一直～【表示持續】 （直到現在）做過～【表示經驗】
過去完成式	**had +** 過去分詞	（直到過去某個時間點）過去做完～【表示完成】 過去一直～【表示持續】 過去做過～【表示經驗】
未來完成式	**will have +** 過去分詞	（直到未來某個時間點）將做完～【表示完成】 將一直～【表示持續】 會經歷～【表示經驗】

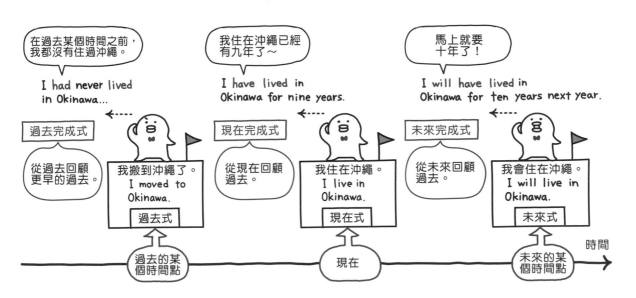

完成式用來表達「完成，結果」、「持續」及「經驗」。

用法	意思	常用詞彙
完成	（已經）做完了～ （剛剛）剛做了～ （還沒）什麼都還沒做	**already**（已經） **just**（剛剛） **not ~ yet**（尚未）
結果	做了～而現在是（現在的狀況）	無
持續	一直做～	**for**（～期間） **since**（從～開始）
經驗	做過～ 做過～次	**ever**（從來、曾經） **never**（從未） **~times**（～次）

完成式的意義

完成、結果　　　　持續　　　　經驗

[完成] **I have already finished my homework.** 我已經寫完功課了。

誰	做動作（是）	人·事物	哪裡	何時
我 **I**	已經寫完～了 **have already finished**	功課 **my homework.**		

already（已經）、just（剛剛）、yet（尚未）是表示完成的提示單字。

[結果] **I have lost my wallet.** 我弄丟了錢包。（現在沒有錢包）

誰	做動作（是）	人·事物	哪裡	何時
我 **I**	弄丟了 **have lost**	錢包 **my wallet.**		

即使沒有表示完成的時間單字，也是完成式！

[持續] **I have lived in Kyoto for twenty years.**
我住在京都已經二十年了。

誰	做動作（是）	人·事物	哪裡	何時
我 **I**	已經住了 **have lived**		在京都 **in Kyoto**	經過二十年 **for twenty years.**

for（經過～時間）、since（從～開始）等，是表示持續的提示單字。

[經驗] **I have read this book three times.** 我已經讀這本書三次了。

誰	做動作（是）	人・事物	哪裡	何時
我 **I**	已經讀了 **have read**	這本書 **this book**		三次 **three times.**

ever（從來，曾經）、never（從未）、~ times（～次）等是表示「經驗」的提示單字。

MEMO

不與表示過去的詞彙一起使用！

現在完成式的重點放在**「現在」**這個時間點，因此明顯表示過去的詞彙，如 ~ ago（～之前）或是詢問過去事件發生時間點的 When（何時）等，一般不與完成式一同使用。

Ken has called me three days ago.　✕
⇒Ken called me three days ago.　○

When have you come to Taiwan?　✕
⇒When did you come to Taiwan?　○

原來如此！

複習完成式：過去式與現在完成式的「弄丟了」有什麼差別呢？

　　來複習容易混淆的過去式與現在完成式。下面兩句英文（1）與（2）的中文，基本上都是「他弄丟了他的錢包」的意思，不過（1）是過去式，（2）則是現在完成式。兩者的差異如以下說明。

（1）He lost his wallet.
（2）He has lost his wallet.

在（1）過去式的例子上，加上十天前（ten days ago）來思考。

He lost his wallet ten days ago. 他十天前弄丟了錢包。

從這個句子中僅能知道「十天前弄丟了錢包」這個過去事實，但**之後是否有找到錢包，就「現在的狀況」來說完全不清楚**。也許在那之後馬上就找到了錢包，現在就在他的手上也說不定。

（2）因為是現在完成式，因此包含了現在的狀況（＝現在沒有錢包）。

He has lost his wallet. 他弄丟了他的錢包。（而且，現在也還沒找到！）

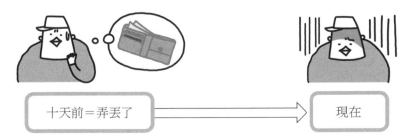

被動語態
兩個不同的觀點：「做～」與「被～」

甩人

被甩了

　　被動語態是指「（主詞）被～」的意思、表示被動的
句子，而「（主詞）做～」的句子則叫做主動態。例如：
「狗**追**那男孩」為主動態，「那男孩**被**狗**追**」則是被動
態。根據主詞的不同，句子會變成主動語態或被動語態。
被動語態的句型為「be + 動詞過去分詞 (+ by ～)」。

被動語態的語序排列

　　被動語態欄位中的要素，主要有「**誰**」、「**做動作（是）**」。

The boy was chased by the dog. 那男孩被狗追。

誰	做動作（是）	人・事物	哪裡	何時
那男孩 **The boy**	被追 **was chased**	（被）狗 **by the dog.**		

被動語態「被～」的句型為「be + 動詞過去分詞」！

※chase: 追逐（過去式與過去分詞皆為 chased）

練習判斷語態是「主動方」還是「被動方」呢？

　　「主動語態」表示「（主詞）做～」，被動語態表示「（主詞）被～」的意思。即使與「主動語態」是相同的動作、行為，但當立場或觀點要改變，想表示「（主詞）被～」的意思時，可以使用「被動語態」來表示。被動語態的主詞「誰」與動詞「做動作（是）」兩者是密不可分的關係。在寫被動語態時，主動語態的**受詞「人・事物」**會變為被動語態的**主詞「誰」**，而「被～」則會以「be + 動詞過去分詞（+ by ~）」來表示。

[主動語態]

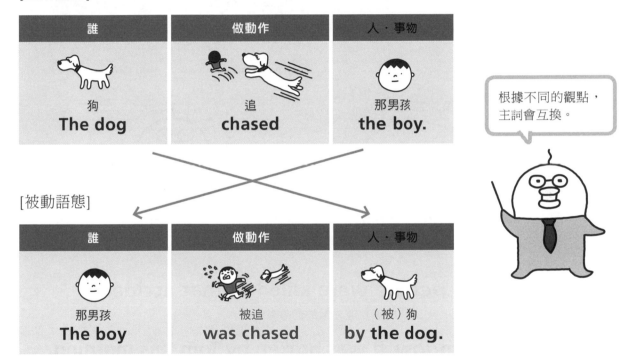

根據不同的觀點，主詞會互換。

[被動語態]

誰	做動作	人・事物
那男孩	被追	（被）狗
The boy	**was chased**	**by the dog.**

MEMO

「被動語態的疑問句」寫法與 be 動詞開頭的句子相同。

This song is used for a TV commercial.　這首歌用於電視廣告中。

⇒Is this song used for a TV commercial?　這首歌用於電視廣告中嗎？

　Yes, it is. ／ No, it isn't. 是的，有使用。／不，沒有使用。

英文中在不清楚某行為是誰做的，或是刻意不說出是誰做的情境下，普遍習慣使用被動語態（被～），並且省略 by ～ 的部分。以被動語態出現的情境有以下三個。

（1）焦點放在受害者

像是新聞會把焦點放在事故或事件受害者本身的情況

（2）為了話題的流暢度

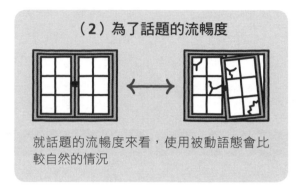

就話題的流暢度來看，使用被動語態會比較自然的情況

（3）不清楚行為是誰做的

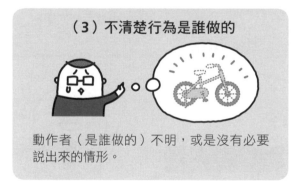

動作者（是誰做的）不明，或是沒有必要說出來的情形。

（1）**More than 20 people were killed in that accident.**

超過二十人死於那場意外。　※ 把焦點放在事故的被害者。

（2）**Look at the window. It was broken by Tom this morning.**

看那窗戶！今天早上被湯姆打破了。

※ 前一句講的是窗戶，因此就話題的流暢度來說，會把焦點放在窗戶本身。

（3）**My bicycle was stolen yesterday.**

我的腳踏車昨天被偷了。

※ 由於不清楚是誰偷了腳踏車，因此使用被動語態。

「情緒」是「感受到」的事物，因此使用被動語態

英文一般表示情緒的動詞有「surprise（使～驚訝）」、「interest（使～感興趣）」等，會使用被動形態。

熱銷話題著作　有趣

哇！
這個感覺真有趣！！

He is interested in camping. 他對露營感興趣。

誰	做動作（是）	人・事物	哪裡	何時
他 He	對～感興趣 is interested in	露營 camping.		

動詞 interest（使感興趣）改成被動語態後，會變成「對～感興趣」的意思。 「be＋過去分詞＋介系詞」直接放入「做動作（是）」欄位中。

I was surprised at the news. 我對那消息感到驚訝。

誰	做動作（是）	人・事物	哪裡	何時
我 I	對～感到驚訝 was surprised at	那消息 the news.		

來看看不同時態的被動語態吧！

來統整主動語態與被動語態的時態吧。

· 主動語態與被動語態的基本時態：「**be**＋動詞的**過去分詞**」

基本時態	主動語態	被動語態
現在式	The dog chases the boy.	The boy is chased by the dog.
過去式	The dog chased the boy.	The boy was chased by the dog.
未來式	The dog will chase the boy.	The boy will be chased by the dog.

· 主動語態與被動語態的進行式為：「**be**＋**being**＋動詞的過去分詞」

進行式	主動語態	被動語態
現在進行式	The dog is chasing the boy.	The boy is being chased by the dog.
過去進行式	The dog was chasing the boy.	The boy was being chased by the dog.
未來進行式	The dog will be chasing the boy.	The boy will be being chased by the dog.

Your pizza is being delivered now. 你的披薩現在正在配送中。

誰	做動作（是）	人‧事物	哪裡	何時
你的披薩 **Your pizza**	正在配送（被配送）中 **is being delivered**			現在 **now.**

100

· 主動語態與被動語態的完成式：「**have [has] / had＋been＋**動詞的過去分詞」

完成式	主動語態	被動語態
現在完成式	The dog has chased the boy.	The boy has been chased by the dog.
過去完成式	The dog had chased the boy.	The boy had been chased by the dog.
未來完成式	The dog will have chased the boy.	The boy will have been chased by the dog.

That file has been removed from the computer.

那個檔案已經從電腦中移除了。（現在是刪除狀態）

誰	做動作（是）	人·事物	哪裡	何時
那個檔案 That file	已經被移除了 has been removed		從電腦中 from the computer.	

主動語態與被動語態的寫法轉換

以下是常用且帶有從屬子句的主動與被動語態句子的寫法轉換，一起來複習吧。

[主動語態] **They say that he is a genius.** 人們說他是個天才。

→[被動語態] **It is said that he is a genius.** 他被稱為天才。

They say that... 帶有「（人們）都這麼說」的意思。They（他們）指的是「一般人們」，並非特定團體。維持相同的意思但改成被動語態，就會變成 It is said that...（被稱為…）的句型。

不定詞
使用 to 的三種用法

應該要做　做這件事　為了～

我們就是不定詞!!

　　「主詞是誰？」、「是一個人還是兩人以上？」、「是什麼時態？」－因不受以上這些條件影響（所以叫做「不定」），並以「to + 動詞原形」來表示的，就是 to 不定詞。 to 不定詞主要有 (1)「做～這件事」、(2)「應該要做～／為了做～的」、(3)「為了～」三種用法。原形動詞又叫做原形不定詞。

不定詞的語序排列

　　與不定詞有關的欄位主要有**「誰」**、**「人・事物」**、**「原因」**（放在百寶箱的「原因」僅為副詞形用法，請見 P.104）。

（1）名詞形用法：「做～這件事」

My dream is to be an astronaut. 我的夢像是成為一名太空人。

誰	做動作（是）	人・事物	哪裡	何時
我的夢想 **My dream**	是 **is**	成為一名太空人 **to be an astronaut.**		

（2）形容詞形用法：「應該要做～／為了做～的」

She has something to eat. 她有東西吃。（這個東西是為了吃的→食物）

（3）副詞形的用法：「為了～」

I went to Taipei to see my aunt. 我去了台北看我阿姨。（為了看阿姨而去台北）

名詞功能的 to 不定詞（名詞形用法）「做　　這件事」

以「學西班牙文」為例，將動作與 to 不定詞組合在一起，便會形成「學西班牙文這件事」的這個名詞，這就是名詞形用法。

I like to study Spanish. 我喜歡學西班牙文。

誰	做動作（是）	人・事物	哪裡	何時
我 I	喜歡 like	學西班牙文（這件事） **to study Spanish.**		

形容詞功能的 to 不定詞（形容詞形用法）「應該要做～／為了做～的」

to 不定詞的形容詞形用法是「應該要做～／為了做～的」的意思，帶有修飾名詞的形容詞功能。

I have a lot of books to read. 我有很多書要讀。

誰	做動作（是）	人・事物	哪裡	何時
我 I	有 have	很多書要讀 **a lot of books** to read.		

修飾名詞

　　副詞就是如 She swims well.（她游泳游得很好）中的 well（很好），在此句中修飾動詞（swims），或是如 very cute（非常可愛）中的 very（非常），是用來修飾形容詞的詞彙。to 不定詞的副詞形用法，是將帶有「為了～」或「做～」意思的 to 不定詞當作副詞來使用，來修飾動詞或形容詞。此時，to 不定詞的部分會放在最右邊的「百寶箱」（表示原因）欄位裡。

I am happy to see you. 見到你很高興。

誰	做動作（是）	人・事物	哪裡	何時	百寶箱：原因
我 **I**	是 **am**	很高興 **happy**			見到你 **to see you.**

> 修飾形容詞 happy

　　接下來要介紹的是，幾個使用不定詞的代表性用法。

① 疑問詞＋to 不定詞：「[什麼事物／該如何／哪裡／何時] ～要怎麼做呢？」
（例）how to swim（如何游泳）、when to start（何時開始）、where to get the ticket（哪裡可以買票）

Please tell me what to do. 請告訴我該做什麼？

誰	做動作（是）	人	事物	哪裡	何時
（省略）	請告訴 **Please tell**	我 **me**	該做什麼 **what to do.**		

② It is ~ [for 人] to...：「（對誰而言）做～這件事很～」
to 不定詞的名詞用法「做～這件事」被視為名詞，因此可以放在欄位「誰」的位置，來

作為主詞使用。不過為了避免主詞太長，大部分的時候會使用 it 代替主詞，to 不定詞則放在句子的後面。

To learn three languages at the same time **is difficult.**
→ **It is difficult** to learn three languages at the same time.
同時學三個語言很困難。

若按照句子原樣，將其放入語意順序表中的話…

誰	做動作（是）	人・事物	哪裡	何時
同時學三個語言這件事 **To learn three languages at the same time**	是 **is**	困難的 **difficult.**		

像這樣頭大身體小的句子，對聽者而言會不太好理解「到底是什麼很難」，因此要將「誰」欄位的內容替換成形式上的虛主詞 It，並且將意義上的主詞（即 to 以下的詞語）放到最後。此時，由於 to 以下的詞語為意義上的「主詞」，因此將語意順序表增加為兩行，並將 to 以下的詞語放在「誰」的位置。

誰	做動作（是）	人・事物	哪裡	何時
（表示 to 以下的詞語） **It ↓**	是 **is**	困難的 **difficult**		
同時學三個語言這件事 **to learn three languages at the same time.**				

③ 動詞＋人＋to 不定詞：「希望、拜託對方做～」

希望對方做某事的時候，在 want（想要）、tell（告訴）、ask（問）等動詞後連接「人＋to 不定詞」。

I want her to meet my parents. 我希望她見我父母。

誰	做動作（是）	人	事物	哪裡	何時
我 I	希望 want	她 her	見我父母 to meet my parents.		

在講「不希望她見我父母」時，只要在不定詞前加上 **not** 就可以了，如：I want her **not** to meet my parents.。

④ 感官動詞（see、hear、notice）＋人＋**原形不定詞（動詞原形）**：「看到、聽到、注意到某人做某事」

※**原形不定詞指的是，不用 to 而是直接使用原形動詞的不定詞。**

see（看見）、hear（聽到）、notice（注意）等的感官動詞，後面會接續「人＋動詞原形」的形態，會有「看到、聽到、注意到某人做某事」的意思。受詞除了可以是人之外，也可以改成事物或事情。這邊要注意的是，使用的並非 to 不定詞，而是動詞原形。

I saw her enter the house. 我看到她進入那棟房子。

誰	做動作（是）	人	事物	哪裡	何時
我 I	看到 saw	她 her	進入那棟房子 enter the house.		

也可以把 her（人）改成 a cat（事物），寫成 I saw **a cat** enter the house.。

⑤ 使役動詞（make、have、let）＋人＋**原形不定詞**（動詞原形）：「讓／使人去做～」
「使役」指的是讓人去做某事的意思。make、have、let 稱為使役動詞，後面接續「人＋
原形不定詞（動詞原形）」的形態，會帶有「讓／使人去做～」的意思。make、have、
let 雖然都是使役動詞，但在語意上稍有差異。

They made him tell the truth. 他們要他說實話。

誰	做動作（是）	人	事物	哪裡	何時
他們 **They**	使 **made**	他 **him**	說實話 **tell the truth.**		

make 帶有強迫的
意思！

I will have my staff member contact you.

我會讓我的那位職員跟您聯繫。

誰	做動作（是）	人	事物	哪裡	何時
我 **I**	會讓 **will have**	我的那位職員 **my staff member**	跟您聯繫 **contact you.**		

have 帶有指示某人去
做某事的意思。

我會聯繫
我的職員

Let me help you. 讓我來幫你。

誰	做動作（是）	人	事物	哪裡	何時
（省略）	讓 **Let**	我 **me**	來幫你 **help you.**		

let 帶有許可的意思！

動名詞

動詞變身成為名詞！

動名詞顧名思義，就是以「動詞 -ing」形態作為名詞功能的詞彙。例如 swim 改成 swimming，意思就會由「游泳（動詞）」變成「游泳這件事（名詞）」，這與 to 不定詞相同可用來表示「～這件事」。這一章節會說明 to 不定詞與動名詞的區別。

我可變身為名詞

變～身！

動名詞的位置

動名詞主要出現在 **「誰」**、**「人・事物」** 欄位中。

Seeing is believing. 眼見為憑。

誰	做動作（是）	人・事物	哪裡	何時
看到的 **Seeing**	是 **is**	所相信的 **believing.**		

動名詞是以「**動詞 -ing**」的形態作為名詞功能（～這件事）的詞彙。主詞放在「誰」的欄位，受詞則放在「人・事物」的欄位。

連接作為受詞 to 不定詞與動名詞的動詞

　　如同 to 不定詞（名詞形用法），動名詞也帶有「做～這件事」的意思。不過，連接這兩者的動詞之中（即「動詞＋動名詞」和「動詞＋to 不定詞」中的動詞），有些動詞是可以連接動名詞也可連接 to 不定詞的，有些卻僅能連接其中一種而已。

為何會提到連接動名詞與連接 to 不定詞的動詞呢？這是因為動名詞與 to不定詞這兩者作為受詞來與「做動作（是）」欄位中的動詞連接時，會與此動詞產生相容性的問題。

・僅能連接動名詞作為受詞的動詞（例：enjoy -ing）
enjoy（享受）、avoid（避免）、mind（介意）、give up（放棄）、finish（結束）等。

I enjoyed talking to them. 我喜歡和他們說話。

誰	做動作（是）	人・事物	哪裡	何時
我 I	喜歡 enjoyed	跟他們說話 talking to them.		

・僅能連接 to 不定詞作為受詞的動詞（例：decide to ~）：
decide（決定）、want（想要）、expect（期待）、hope（希望）等。

I decided to stop drinking coffee. 我決定戒掉咖啡。

誰	做動作（是）	人・事物	哪裡	何時
我 I	決定 decided	戒掉咖啡 to stop drinking coffee.		

MEMO

雖然「to 不定詞的名詞形用法」與「動名詞」皆為「做～這件事」的意思，不過 to 不定詞的 to（朝向～）本來就是指引方向的介系詞，因此 to 不定詞帶有「從現在開始做」表示未來意志的語氣。相反的，動名詞則帶有「至今為止做了～」、「現在正在做～」的語氣。

・能連接動名詞和 to 不定詞兩者的動詞（例如：like -ing、like to ~）：
like（喜歡）、love（喜愛）、start（開始）等。

她喜歡踢足球。

誰	做動作（是）	人・事物	哪裡	何時
她 She	喜歡 likes	踢足球 playing **soccer.** ------------------------------- to play **soccer.**		

・與動名詞及 to 不定詞連接時，意思會改變的動詞：
接下來的動詞在連接「動名詞」或「to 不定詞」時，意思會有所不同。

（1）remember

① remember **-ing**：記得做了某件事

I remember locking **the door.** 我記得門鎖上了。

誰	做動作（是）	人・事物	哪裡	何時
我 I	記得 remember	把門鎖上了這件事 locking **the door.**		

② remember **to** ～：記得要去做某件事

I will remember to lock **the door.** 我會記得去鎖門。

誰	做動作（是）	人・事物	哪裡	何時
我 I	會記得 will remember	去鎖門 to lock **the door.**		

交易醫生聰明打敗投資風險，
從零開始期貨初學入門指南

暢銷

作者／徐國華
定價／320元

100張圖學會期貨交易

本書由什麼是期貨開始，介紹如何選用下單軟體（至少要有停損、停利、鍵盤下單、變形功能），更向讀者介紹大量的操作方法（日內波段交易、剝頭皮交易、削到爆交易法）。而如果你用日內波段交易，有幾個重點：一天只做一個方向、用5分鐘K線、每天出手在3至5次之內。明確的說明，減少你迷途的時間。
以現在的科技，每天有各種投資標的變動都被記錄下來，而作者充分的運用這項工具，對他提出的「意見」提供量化的績效評估。你看到的不是「好運」帶來的結果，而是經過資料庫核實的事實。

他在家上班，用這套炒股SOP，
養大3個資優生小孩！

暢銷

作者／陳榮華
定價／420元

20年平穩獲利！閃過所有股災
股市操盤手的SOP

系統化的操作方法，有點「煩」，交易機會也少很多，但是讓你勝率提高。作者用K線識別將有「動靜」的股票，用均線及趨勢線確認其上漲趨勢。接著用MACD及KD來決定買點。如果K線出現反轉的訊號，減碼。MACD及KD同步出現賣出訊號，出清持股。

自組投資組合年賺19.9%，
價值＋獲利＋慣性3指標，
在最小的波動下得到最大效益

NEW

作者／葉怡成、林昌燿
定價／430元

用黃金公式找到隱藏版潛力股

創造19.9%的年化報酬率，其實沒有那麼難！三個指標就夠了：股東權益報酬率、股價淨值比、過去20日股價報酬率，創造30%的年化報酬率？其實也沒有特別難！利用上述三個指標做多，同時利用股東權益報酬率、股價淨值比放空。以上一切都禁得起嚴格的統計方法檢視，不是空口說白話，隨便說說。

股友族MUST BUY 薪水就能致富

暢銷

作者／張真卿
定價／399元

股票買賣初學入門
【全彩圖解】（暢銷修訂版）

投資股票要賺錢真的不難，除非你不具相關知識就進場……又是網路、又是聽人說，讓人好徬徨，更別提如何靈活運用股票相關知識。沒有關係！本書一次告訴你股市最重要的資訊！不再一知半解！學校沒開的「現實世界的理財課」。商學院不會教的股市投資技巧，張老師為你說清楚！即使月薪二萬二也能從小錢開始賺！股市初學者請先甩掉「上班賺小錢、股市賺大錢」的心態！「投資！不投機！」擁抱績優股讓你從小錢累積賺大錢。正確的股票投資方式3個月賺100萬，小錢可以變大錢！錯誤的股票投資方式1個月賠100萬，窮的只剩下零錢！

2個指標主宰全球景氣循環，抓住超前佈署關鍵！
搭上最強資金潮流，國際認證理財顧問
賺30倍的理財分享！

話題

作者／吳盛富
定價／399元

美國公債·美元教會我投資的事

市場上景氣循環的書很多，但是讀完了之後，你還是無法判斷現在是哪個階段。在2021年讀完本書，將不會再有這個問題，因為2020年3月，美國無風險利率循環由衰退轉入復甦。這是掌握金融商品波動及景氣波動的重要指標。讀者在2021年拿到此書時，基本上就是美國景氣的復甦期。你很容易可以用書中的知識，對應經濟的實際狀況。如此，你可以輕鬆的認知到無風險利率循環及景氣的變化，讓無風險利率循環不再是理論，而是生活的體認。

連房仲都說讚！許代書教你
從買賣到繼承的房地產大小事

暢銷

作者／許哲瑋　定價／320元

你遇得上的地產交易情況，都包含在內。買賣、繼承、共有不動產、稅務、貸款、借名登記及親人臥病昏迷時房屋處理方式，自然你也會學會如何看謄本、權狀。讓你學會處理一般非專業人士，一生會遇到的地產交易情況。

好書出版·精銳盡出

語研學院

LA PRESS

台灣廣廈 國際書版集團 Taiwan Mansion Cultural & Creative

BOOK GUIDE

2022 財經語言·春季號 01

用最新的學習概念、高效學好外語

知·識·力·量·大

＊書籍定價以書本封底條碼為準

地址：中和區中山路2段359巷7號2樓
電話：02-2225-5777*310；105
傳真：02-2225-8052
E-mail：TaiwanMansion@booknews.com.tw
總代理：知遠文化事業有限公司
郵政劃撥：18788328
戶名：台灣廣廈有聲圖書有限公司

（2）forget

① forget -ing：忘記做過某件事

I will never forget watching that movie with you.

我不會忘記和你看過那部電影這件事。

誰	做動作（是）	人・事物
我 **I**	不會忘記 **will never forget**	和你看過那部電影這件事 **watching that movie with you.**

② forget to ～：忘記**要去**做某件事

Don't forget to lock the door. 不要忘記鎖門

誰	做動作（是）	人・事物
	不要忘記 **Don't forget**	鎖門 **to lock the door.**

其他還有 try（try -ing：嘗試某個手段或方式、try to ～：試著用某種手段並付出努力來完成某事）、regret（regret -ing：後悔以前做過某事、regret to ～：表達遺憾或抱歉）、stop（stop -ing：停止原有的動作、stop to ～：停下來做另一件事）等動詞。

使用動名詞的慣用表現

以下列舉幾個常用的動名詞慣用表達

使用動名詞的慣用表現	意思
be used to -ing	現在習慣做某事
cannot help -ing	忍不住做某事
feel like -ing	想做某事
look forward to -ing	期待某事
worth -ing	值得做某事

（例）I cannot help laughing. 我忍不住笑了。

分詞
現在分詞與過去分詞

　　分詞可分為 -ing 及 -ed 兩種形態，即**現在分詞**（動詞 -ing 形）與**過去分詞**（動詞 -ed 形）。分詞使用於進行式、被動語態和完成式，不過這一章會介紹用來修飾名詞、如形容詞般的用法，以及做為補語用來說明主詞與受詞的用法。

正在跳舞的人

壞掉的門

分詞的位置

　　分詞主要出現在**「誰」**、**「人‧事物」**欄位中。

The sleeping baby is my nephew. 那個在睡覺的嬰兒是我的姪子。

誰	做動作（是）	人‧事物	哪裡	何時
那個在睡覺的嬰兒 **The sleeping baby**	是 **is**	我的姪子 **my nephew.**		

I had a boiled egg. 我吃了一個水煮蛋

誰	做動作（是）	人‧事物	哪裡	何時
我 **I**	吃了 **had**	一個水煮蛋 **a boiled egg.**		

> 分詞分為兩種，有表示「正在做～」的現在分詞（動詞 -ing）與「被～」的過去分詞（動詞 -ed）。

分詞的幾個用法 --

　　分詞除了到目前為止介紹的「進行式」、「被動語態」以及「完成式」之外，還有其他用法。

使用分詞的例子

① 進行式

② 被動語態

③ 完成式

④ 修飾名詞

⑤ 說明主詞或受詞

（1）作為形容詞功能來修飾名詞（限定用法）

如以下句子，**分詞可用來修飾名詞**。一般會放在名詞的前面來修飾。

The well-known actor poured some boiling water into the cup.

那位有名的演員，倒了一些熱水到杯子裡。

誰	做動作（是）	人・事物	哪裡	何時
那位有名的演員 **The well-known actor**	倒了 **poured**	一些熱水 **some boiling water**	到杯子裡 **into the cup.**	
有名的＝廣為人知的		熱水＝沸騰的水		

不過若遇到如下面這個句子中修飾的詞語太長時，一般會放到名詞的後面來修飾。

The girl singing an English song has a camera made in Japan.
那位唱著英文歌的女孩有一台日本製的相機。

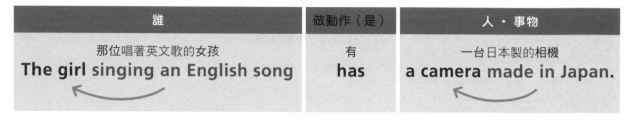

誰	做動作（是）	人・事物
那位唱著英文歌的女孩 **The girl** singing an English song	有 **has**	一台日本製的相機 **a camera** made in Japan.

（2）做為補語來說明主詞或受詞

分詞還有另一種用法，也就是做為補語**說明主詞或受詞**。

The door remained unlocked. 那扇門沒有被鎖上。

誰	做動作（是）	人・事物
那扇門 **The door** 主詞	保持～狀態 **remained** ＝	沒有被鎖上 **unlocked.** 過去分詞

第二類句型的形態。

I had my bag stolen. 我的包包被偷了。

誰	做動作（是）	人・事物	
我 **I**	有～狀態 **had**	我的包包 **my bag** 受詞	被偷了 **stolen.** 過去分詞

第五類句型的形態。

想要簡潔有力地說一句話…用分詞構句吧

　　分詞構句是指，使用帶有分詞的詞組來表示「當～的時候」或「在做～的時候」等意思的子句，這在表現上比使用連接詞的子句還要簡潔。分詞構句中經常會省略連接詞 when、as、because 等。

When we arrived in London, we saw a lot of old buildings.

當我們抵達倫敦時，我們看到很多古老的建築。

百寶箱	誰	做動作（是）	人・事物	哪裡	何時
當～的時候 When	我們 we	抵達 arrived		倫敦 in London,	
	我們 we	看到 saw	很多古老的建築 a lot of old buildings.		

以分詞構句改寫後會變成…

Arriving in London, we saw a lot of old buildings.

抵達倫敦時，我們看到多古老的建築。

百寶箱	誰	做動作（是）	人・事物	哪裡	何時
		抵達～時 Arriving		倫敦 in London,	
	我們 we	看到 saw	很多古老的建築 a lot of old buildings.		

省略連接詞 + 主詞，使句子變得簡潔有力！ 在改為分詞構句之前，若從屬子句中的主詞與主要子句中的主詞相同便可以省略。省略連接詞與主詞之後，再將動詞改成現在分詞。

使用分詞構句的習慣表現

（1）**Generally speaking:** 一般來說，一般而言

Generally speaking, they are hard workers.

一般而言，他們都是勤勞的人。

（2）**Judging from ～:** 從～來判斷

Judging from his accent, he must be from Osaka.

從他的口音來判斷，他一定是大阪人。

做比較

是「一樣多」、「更多」，還是「最多」

　　「跟弟弟差不多高」、「你比我還要早起」、「這顆哈密瓜最大顆」等，英文在做人與人、物品與物品的比較時，經常使用比較的句型。「比較」分為原級、比較級及最高級三種。不過，在寫「比較」的句子時，「高」或「早」等的形容詞或副詞會產生變化。

比較的語序排列

　　與比較相關的欄位主要是「百寶箱」、「人・事物」。

（1）原級：as＋原級形容詞＋as ~「與～一樣」

Jim is as tall as Tim. 吉姆和提姆一樣高。

百寶箱	誰	做動作（是）	人・事物	哪裡	何時
	吉姆 Jim	是 is	一樣高 as tall		
與～（相比） as	提姆 Tim.	（is）	（tall）		

（2）比較級：-er than ~「比～更～」

David is taller than Tim. 大衛比提姆高。

百寶箱	誰	做動作（是）	人・事物	哪裡	何時
	大衛 David	是 is	更高 taller		
與～相比 than	提姆 Tim.				

（3）最高級：-est「最～」

David is the tallest of the three. 大衛是這三人中最高的。

百寶箱	誰	做動作（是）	人・事物	哪裡	何時
	大衛 **David**	是 **is**	最高的 **the tallest**	在三人之中 **of the three.**	

「比較」的三種形態

比較表現有**(1) 原級**、**(2) 比較級**、**(3) 最高級**三種。首先來理解這三種比較形態。

與～一樣 （原級） 👻👻 以〈as... as ~〉來表示「跟～一樣…」。	比～更～ （比較級） 👻👻 表示「跟～相比更是…」的意思。句子的形態將在 p.118 做說明。	最～ （最高級） 👻👻👻👻👻 表示「在～之中最…」的意思。句子的形態將在 p.119 做說明。

（1）as＋原級形容詞＋as ~「跟～一樣」

用來表示兩人（兩個事物）相比較時，結果是相同或差不多的意思。

E-books are as good as paper books. 電子書與紙本書一樣好。

百寶箱	誰	做動作（是）	人・事物
	電子書 **E-books**	是 **are**	一樣好 **as good**
與～（相比） **as**	紙本書 **paper books.**	(are)	(good)

這邊要使用兩層的「語意順序表」來思考。在 as... as 中放入形容詞（副詞），而第二個 as（與～相比）因為是連接詞，因此放在欄位「百寶箱」位置。第二層的灰色字的 are 和 good 由於與第一層的意義相同，因此可以省略。

MEMO

要留意否定形 not as [so] ... as ~ 是「沒有像～一樣那麼地…」的意思。
My brother doesn't study as hard as my sister.
我哥哥沒有像我妹妹一樣那麼地用功。

（2）比較級 (-er / more~) than ~「比~更~」

用來表示兩人（兩個事物）相比較時，「某一方比較~」或「某一方比另一方更~」的意思。

That movie seems more interesting than this one.

那部電影似乎比這一部還要有趣。

百寶箱	誰	做動作（是）	人‧事物
	那部電影 **That movie**	似乎 **seems**	更有趣 **more interesting**
與~相比 **than**	這部 **this one.**		

> 這邊的「語意順序表」要使用兩層來思考。連接詞 than（與~相比）要放在「百寶箱」的欄位，形容詞（副詞）的比較級則要變成 -er 或加上 more。

MEMO

有了語意順序表，就能知道是什麼跟什麼在做比較，也就是如表格中同一列上下層的事物在相互做比較。

I love you more than he does. 我比他更愛你。

百寶箱	誰	做動作（是）	人‧事物		哪裡	何時
	我 **I**	愛 **love**	你 **you**	更多 **more**		
與~相比 **than**	他 **he**	愛 **does.**				

> 從上表可知，「誰」欄位同一列的 I 與 he 在做比較。比起提到「他愛」，這句話所強調的是「我更愛」這件事，因此直譯是「我愛你！比他愛的多！」的意思（此外，這裡的「他愛」為了避免重複使用 love，直接以 does 來表示）。另外，寫成 I love you more than him. 的話，因為 him 會放在「人‧事物」的那個欄位，因此這樣就會是「我比起愛他，我更愛你！」的意思。

（3）最高級 (-est / most~) of /in ~ 「在～之中，最…」

用來表示在三人／事物或以上之中，「誰（某事物）最～」的意思。

Mt. Fuji is the most beautiful mountain in Japan.

富士山是日本最美的山。

誰	做動作（是）	人・事物	哪裡	何時
富士山 **Mt. Fuji**	是 **is**	最美的山 **the most beautiful mountain**	在日本 **in Japan.**	

> 形容詞（副詞）的最高級，要變成 the -est 或 the most ~。

MEMO

上面的例句使用「in」並將 in Japan 放在「哪裡」的欄位，不過最高級中也有使用 of 的情況。其兩者的使用區分如下：

(the) ＋最高級＋ of ＋表示複數的名詞（如 of the four 等）：（四人）之中最～

　　　　　　in ＋單數名詞（如 in the class 等）：（課堂裡）最～

形容詞與副詞的形態變化 --

比較級與最高級的形容詞、副詞，有在字尾加上 -er、-est 的形態，以及在前面加上 more、most 的這兩種形態，並還可分為「規則變化」與「不規則變化」兩種。

（1）規則變化

①在字尾加上 -er、-est 形成比較級與最高級的詞彙（單一音節的單字以及兩音節的某些單字※）

原級 （很～）	比較級 （比～更～）	最高級 （最～）
tall	**taller**	**tallest**
large	**larger**	**largest**
busy	**busier**	**busiest**
hot	**hotter**	**hottest**

※音節指的是，以母音為中心所劃分的聲音單位。例如：pen 為單一音節，American 則為四音節（A・mer・i・can）。母音指的是「a, e, i, o, u」這五個字母的發音。

②加上 more、most 形成比較級與最高級的詞彙（一般是兩音節以上較長的單字）

原級 （很～）	比較級 （比～更～）	最高級 （最～）
important	more important	most important
useful	more useful	most useful
slowly	more slowly	most slowly
carefully	more carefully	most carefully

（例）My mother drives more carefully than me. 我媽媽開車比我還小心。

（2）不規則變化

原級 （很～）	比較級 （比～更～）	最高級 （最～）
good/well	better	best
bad/ill	worse	worst
many/much	more	most
little	less	least

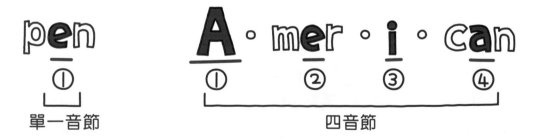

pen
①
單一音節

A・mer・i・can
① ② ③ ④
四音節

一定要知道的用法 ---

用語意順序來看以下使用「比較」的句型。

（1）X times as＋原級＋as ~：～的 X 倍…

This house is twice as big as my house.
這間房子比我的房子大兩倍。

百寶箱	誰	做動作（是）	人・事物	哪裡	何時
	這間房子 **This house**	是 **is**	兩倍大 **twice as big**		
與~（相比） **as**	我的房子 **my house.**				

※「兩倍」寫成 twice、「三倍」寫成 three times、「四倍」則是 four times。

（2）比較級 and 比較級：越來越～

Global warming is getting worse and worse.
全球暖化變得越來越嚴重。

誰	做動作（是）	人・事物	哪裡	何時
全球暖化 **Global warming**	變得 **is getting**	越來越嚴重 **worse and worse.**		

關係詞

關於那些，之後再說明（後位修飾）

關係詞後面的子句是用來說明關係詞前面的詞彙（稱為先行詞），分為說明「人」、「事物」的關係代名詞，以及說明「場所」、「時間」、「理由」、「方法」的關係副詞，和在這些詞彙後面加上 ever 的複合關係詞。

關係詞的語序排列 --

與關係詞相關的欄位主要有**「誰」、「人・事物」**。

I have a sister <u>who lives in Taipei.</u> 我有一個<u>住在台北的</u>妹妹。

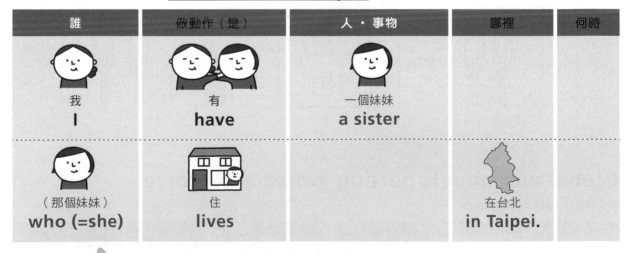

誰	做動作（是）	人・事物	哪裡	何時
我 **I**	有 **have**	一個妹妹 **a sister**		
（那個妹妹） **who (=she)**	住 **lives**		在台北 **in Taipei.**	

關係詞的功用就是將關係詞前面的單字（a sister）的詳細說明都放到後面！

從關係詞地圖來掌握整體樣貌吧 ---

　　首先，用以下關係詞的地圖來掌握整體樣貌吧。關於每一個關係詞，會從下一頁開始做說明。

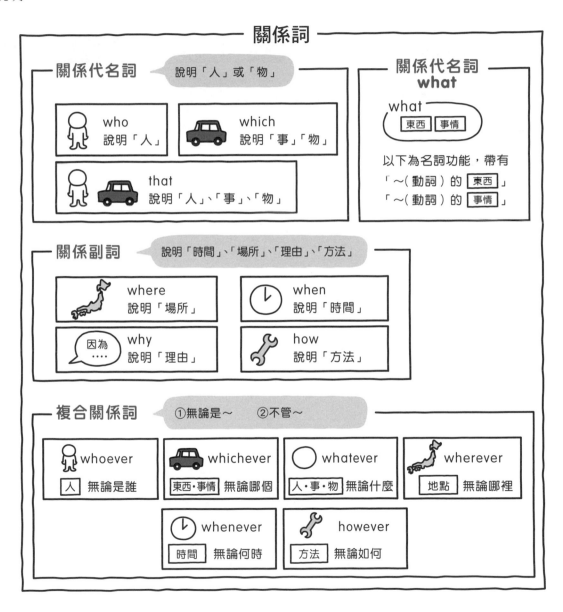

我們來看 p.122 的句子。句子中有 who 對吧？這個就是關係代名詞，主要是在後面補充說明「人・事物」位置的詞語，而關於「人・事物」的說明內容則會出現在關係代名詞之後。

誰	做動作（是）	人・事物		哪裡	何時
我 **I**	有 **have**	一個妹妹 **a sister**	先行詞		
關係代名詞 **who (=she)**	住 **lives**			在台北 **in Taipei.**	

who 之後的子句主要是用來說明 a sister。這邊提到的 a sister 稱作**先行詞**（放在關係詞前面，也就是**先行**出現的**詞彙**）。另外，代替 he / she（代名詞）的 **who**，就是**關係代名詞**。

關係代名詞

如同代名詞 I（我）/ my（我的）/ me（我）的變化一般，關係代名詞也同樣有「主格」、「所有格」、「受格」的形態變化，並且依據先行詞是「人」還是「事物」，關係代名詞也會有所不同。

先行詞	主格	所有格	受格
人	**who**	**whose**	**who(m)**
物（事）	**which**	**whose / of which**	**which**
人・物（事）	**that**	----	**that**

※受格的 who(m)、which、that 可以省略。
※受格的 who(m) 可以使用 who 來代替。

（1）先行詞為「人」的情形：I have a sister. 我有一個妹妹（什麼樣的妹妹呢？）

① **I have a sister <u>who lives in Taipei</u>.** 我有<u>一個住在台北的</u>妹妹。

說明其他補充資訊時，例如「說明朋友妹妹的職業」時，會用以下句子來表示。

② **I have a friend <u>whose sister is a famous pianist</u>.**
<u>我有一個朋友，他的妹妹是個有名的鋼琴家</u>。

誰	做動作（是）	人・事物	哪裡	何時
我 **I**	有 **have**	一個朋友 **a friend**		
（他的妹妹） **whose sister**	是 **is**	一個有名的鋼琴家 **a famous pianist.**		

又或者，想表示自己認識對方（you）見到的某個人時，可以用以下句子表示。

③ **I know the lady <u>whom you met at the station</u>.**
<u>我認識你在車站見到的</u>那名女性。

百寶箱	誰	做動作（是）	人・事物	哪裡	何時
	我 **I**	認識 **know**	那名女性 **the lady**		
（那名女性） **who(m) (=her)**	你 **you**	見到 **met**	（她） **(←her)**	在車站 **at the station.**	

（2）先行詞為事或物的情形

①**I have a car <u>which was made in Germany</u>.** 我有一台德國製的車。

②**I saw a house <u>whose roof is red</u>.** 我看到一間屋頂是紅色的房子。

③**This is the bag <u>(which) I bought in Paris</u>.** 這是我在巴黎買的包包。

①**I have a car which was made in Germany.** 我有一台德國製的車。

誰	做動作（是）	人・事物	哪裡	何時
我 **I**	有 **have**	一台車 **a car**		
（那台車） **which**	被製造 **was made**		在德國 **in Germany.**	

②**I saw a house whose roof is red.** 我看到一間屋頂是紅色的房子。

誰	做動作（是）	人・事物	哪裡	何時
我 **I**	看到 **saw**	一間房子 **a house**		
（它的屋頂） **whose roof**	是 **is**	紅色的 **red.**		

③**This is the bag (which) I bought in Paris.** 這是我在巴黎買的包包。

百寶箱	誰	做動作（是）	人・事物	哪裡	何時
	這個 **This**	是 **is**	那個包包 **the bag**		
（那個包包） **(which)**	我 **I**	買 **bought**		在巴黎 **in Paris.**	

關係代名詞中的 what

關係代名詞的 what 本身就帶有「做～這件事」（= the thing(s) which）的意思。與 who、which、that 不同，what 已包含先行詞（人或物）的意思，因此不需要先行詞。

I don't believe <u>what he said.</u> 我不相信<u>他說的話</u>。

百寶箱	誰	做動作（是）	人・事物	哪裡	何時
	我 I	不相信 don't believe	（無先行詞）		

百寶箱	誰	做動作（是）	人・事物	哪裡	何時
做～這件事 what	他 he	說 said.			

關係副詞—where、when、why、how

關係副詞中有代表場所（where）、時間（when）、理由（why）、方法（how）的詞彙。關係代名詞主要作為代名詞的功能，修飾先行詞（人、事或物），而關係副詞則作為說明場所（那裡）、時間（那時）、理由（因為那樣）、方法（按照那樣）的副詞功能。

關係副詞	先行詞	例子
where	表示「場所」的詞彙	the place [house, city] where
when	表示「時間」的詞彙	the time [day, month] when
why	表示「理由」的詞彙	the reason why
how	–	how you learn English

※當 where、when、why 等的先行詞分別為 the place、the time、the reason 時，關係副詞可以省略。

They stayed at the hotel <u>where my brother works</u>.

他們待在<u>我哥哥工作的</u>飯店。

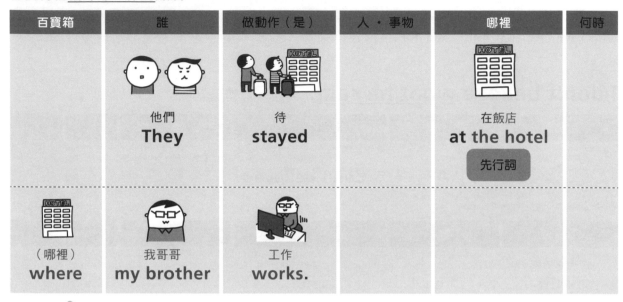

百寶箱	誰	做動作（是）	人・事物	哪裡	何時
	他們 **They**	待 **stayed**		在飯店 **at the hotel** 先行詞	
（哪裡） **where**	我哥哥 **my brother**	工作 **works.**			

使用兩層語意順序表，並在「百寶箱」中放入 **where**。先行詞為 **the hotel**，而 **where** 之後的內容為針對 **the hotel** 的補充說明。

The year 1964 is the year <u>when the 18th Summer Olympic Games were held in Tokyo</u>.

1964 年是<u>第 18 屆奧林匹克運動會在東京舉辦的</u>一年。

百寶箱	誰	做動作（是）	人・事物	哪裡	何時
	1964 年 **The year 1964**	是 **is**	那一年 **the year**		
（那個時候） **when**	第十八屆奧林匹克運動會 **the 18th Summer Olympic Games**	被舉辦 **were held**		在東京 **in Tokyo.**	

This is the reason <u>why I like this book</u>. 這是<u>我喜歡這本書的理由</u>。

百寶箱	誰	做動作（是）	人・事物	哪裡	何時
	這 **This**	是 **is**	那個理由 **the reason**		
為什麼 **why**	我 **I**	喜歡 **like**	這本書 **this book.**		

This is <u>how they won the game</u>. 這是<u>他們贏得比賽的方法</u>。

百寶箱	誰	做動作（是）	人・事物	哪裡	何時
	這 **This**	是 **is**			
（如何） **how**	他們 **they**	贏得 **won**	比賽 **the game.**		

複合關係詞

複合關係詞就是在關係詞後面加上 **-ever** 的詞彙。

複合關係詞	意思
whoever	無論是誰，無論什麼人
whichever	無論哪個，無論哪些
whatever	無論什麼
wherever	無論哪裡
whenever	無論何時，每當
however	無論如何，不管怎樣

（例）You can invite whoever wants to join us. 你可以邀請任何想加入我們的人。

（例）Please come and see me whenever you like. 請隨時來看我。

假設語氣
想像「如果」的世界

　　「如果（現在）有車的話，就可以去兜風了！」、「如果（那個時候）早起的話，就能看到日出了」，假設語氣就如同上述例子般，並非講述事實，而是用在「如果…就…」的「假設」上，以及用在表達想像、願望或後悔的語氣。

假設語氣的語序排列 -

　　與假設語氣相關的欄位主要是**「百寶箱」、「做動作（是）」**。

If I were a bird, I could fly in the sky.

如果我（在現實中）是一隻鳥，我就能在空中翱翔。（在現實中我並不是鳥，所以不能在空中翱翔）

百寶箱	誰	做動作（是）	人‧事物	地點	時間
如果～ **If**	我 **I**	（在現實中）是 **were**	一隻鳥 **a bird,**		
	我 **I**	就能翱翔 **could fly**		在天空中 **in the sky.**	

> 假設語氣是用來表達想像與假設「如果…」的表現。

描述「如果現在…」與「如果那個時候…」的，就是假設語氣

表達**現在的事實**時，要使用**現在式**。

那麼，如果要描述**與現在事實相反**的情境時，該怎麼做呢？ →使用**過去式**。

「假設語氣過去式」用於描述「要是現在…」或「要是在現實中…」，與現在事實相反的情境。

・假設語氣過去式：

If＋主詞＋過去式, 主詞＋would [could / should / might] ＋動詞原形

描述**與現在事實相反**的情境時，使用**過去式**（假設語氣過去式）。

那麼，如果要描述**與過去事實相反**的情境時，該怎麼辦呢？ →使用**過去完成式 (had ＋過去分詞)**。

「假設語氣過去完成式」用於描述「要是那個時候…早就…」，與過去事實相反的情境。

・假設語氣過去完成式：

If＋主詞＋過去完成式, 主詞＋would [could / should / might] have＋過去分詞

假設語氣過去式
＝與現在事實相反

要是現在…

假設語氣過去完成式
＝與過去事實相反

要是那個時候…

下一頁我們來確認「現在式」、「假設語氣過去式」、「假設語氣完成式」的差異。

要不要去喝酒？

①我還在忙，無法去…

①[現在式] **I can't go to the party because I'm busy.**

我無法參加聚會，因為我很忙。

②啊！啊！不忙的話
就可以去了…

②[假設語氣過去式] **If I were not busy, I could go to the party.**

如果我（現在）不忙的話，就可以參加聚會了。

※假設語氣中的 If I were...，即使主詞為 I 或 He，be 動詞一般也都使用 were。

星期一

聚會超讚的！

③如果當初不忙的話，
我早就可以去了…

③[假設語氣過去完成式] **If I had not been busy, I could have gone to the party.**

（那個時候）要是不忙的話，我早就可以參加聚會了！

來確認假設語氣過去式（如果現在…的話，我就…）的句子 ------------------------------

與「**現在**」事實相反的內容，以**過去式**來表示。

If＋主詞＋過去式 , 主詞＋would [could / should / might]＋動詞原形

If I had enough time, I would visit my aunt.

如果我（現在）有足夠的時間，我就會去拜訪阿姨。
（＝因為現在沒有時間，所以沒有去拜訪阿姨）

百寶箱	誰	做動作（是）	人・事物
如果～ **If**	我 **I**	有 **had** 過去式	足夠的時間 **enough time,**
	我 **I**	就會去拜訪 **would visit** would ＋動詞原形	阿姨 **my aunt.**

語意順序表增加為兩層，並將 If 放入「百寶箱」欄位。第二層的「做動作（是）」的欄位中，則放入「助動詞過去式＋動詞原形」。
助動詞過去式為 will（將會）→would
　　　　　　　can（可以）→could
　　　　　　　may（也許）→might

與「**過去**」事實相反的內容，以**過去完成式**來表示。

If＋主詞＋過去完成式, 主詞＋would [could / should / might] have＋過去分詞

If I had left earlier, I could have met her.

如果（那個時候）早點出發的話，我早就可以見到她了。

（＝因為太遲了，所以沒有見到她）

百寶箱	誰	做動作（是）	人・事物
如果～ **If**	我 **I**	早點出發 **had left earlier,** had ＋過去分詞	
	我 **I**	就能見到 **could have met** could ＋ have ＋過去分詞	她 **her.**

> 描述與現在事實相反的情境時，使用過去式。那麼，表達與過去事實相反的情境時，該怎麼做呢？
> →使用過去完成式（had＋過去分詞）。

使用假設語氣的句型

以下會介紹幾個使用假設語氣的重要句型。

（1）I wish＋主詞＋過去式：我希望（現在）～

I wish I had a car. 我希望我有一台車。（很可惜沒有車！）

MEMO

使用 I wish 會帶有「這件事情實現的可能性很低」的意思。因此像是「希望考試合格」或「希望早日康復」等希望某個願望可實現的表達，一般不使用 I wish，而是用 I hope。

I hope you pass the exam. 我希望你通過考試。

I hope you get better soon. 我希望你早日康復。

（2）I wish＋主詞＋過去完成式：我希望（那個時候）～；但願～

I wish you had been there. 但願你當時在那就好了。

（3）as if＋主詞＋過去式：彷彿～

He behaves as if he lived here. 他表現得就好像他住在這。

（4）as if＋主詞＋過去完成式：彷彿之前～

He pretends as if nothing had happened.
他假裝好像之前什麼都沒有發生。

引述句
「我餓了」或「他餓了」

以上是來自
現場的報導。

引述句簡單來說，就是直接引用當事人自己說的話（直接引述）或說話者代為傳達本人說的話（間接引述）。如同「湯姆說：『我餓了』」這個有引號的句子，直接引用自己想法的就叫作「直接引述」；而另一個例子「湯姆說他餓了」，以說話者的觀點間接傳達他人的方式，叫做「間接引述」。

引述句的語序排列

引述句語序欄位中的要素主要有**「百寶箱」、「誰」、「做動作（是）」、「哪裡」、「何時」**！

（1）直接引述：使用引號（" "）來傳達當事人本人的話。

Tom said, "I am hungry now." 湯姆說：「我現在餓了」。

百寶箱	誰	做動作（是）	人・事物	哪裡	何時
	湯姆 **Tom**	說 **said,**			
	我 **"I**	是 **am**	餓的 **hungry**		現在 **now."**

（2）間接引述：不使用引號，以說話者的觀點來敘述。

Tom said (that) he was hungry then. 湯姆說他當時餓了。

百寶箱	誰	做動作（是）	人・事物	哪裡	何時
	湯姆 Tom	說 said			
～那件事 (that)	他 he	是 was	餓的 hungry		當時 then.

引述部分也就是以「誰」欄位的說話者的視角來傳達。

直接引述與間接引述

　　直接引述只要在當事人的說話內容上加上引號（" "）直接傳達即可，不過間接引述需要注意引用句的①主詞、②動詞時態、③時間及場所等。

（1）直接引述（在當事人所說的話加上引號（" "）來直接傳達）

Tom said, "I am hungry now." 湯姆說：「我現在餓了」。

湯姆自己說自己的情況，因此引號（" "）內的主詞為 I，be 動詞為 am。

湯姆 　我餓了！ 說了。

（2）間接引述（不使用引號，說話者用當事人本人的話來傳達。）

Tom said (that) he was hungry then. 湯姆說那個時候他（＝湯姆）餓了。

使用 that 子句時 I 要變成 he，並且配合主要子句過去式 said，am 要改成 was。

湯姆說他餓了！

間接引述中會產生以下變化：

· I → he, am → was, now → then（Tom said 為主要子句，that he was hungry then 為從屬子句）。

· am → was：為了配合主要子句「湯姆說 said（過去式）」的時態，因此 that 子句也改成過去式，這也稱作**時態的統一**。

· now → then：now 代表湯姆說話的「當下」，但是湯姆的說話內容早在「那個時候」就已經傳達了，因此 now 要改成 then。

（1）引號（" "）內為「直述句」的情形

直接引述 **She said to me, "I want you to stay here."**

她告訴我：「我希望你待在這裡。」

⇒間接引述 **She <u>told</u> me (that) <u>she wanted me</u> to stay <u>there</u>.**

她告訴我她希望我留在那裡。

轉換方式有以下①～⑥個步驟。

百寶箱	誰	做動作（是）	人・事物		哪裡	何時
	她 **She**	告訴 **told**	我 **me**			
那件事 **(that)**	她 **she**	希望 **wanted**	我 **me**	留在那裡 **to stay there.**		

①直接引述的 say (said) to ⇒改成間接引述的 tell (told)

②以 that 連接

③主詞 I ⇒ she

④時態：要與主要子句的時態相同 want ⇒ wanted

⑤受詞 you ⇒ me

⑥ here（這裡）⇒ there（那裡）

（2）引號（" "）內為命令句的情形時 →間接引述時**使用 to**。

直接引述 **My mother said to me, "Shut the door."**

我媽跟我說：「去關門。」

⇒間接引述 **My mother <u>told</u> me <u>to</u> shut the door.**

媽媽叫我去關門。

（3）引號（" "）內是疑問詞（如 What）開頭的疑問句的情形時

直接引述　**Tom said to me, "What do you want?"**
　　　　湯姆對我說：「你想要什麼？」

⇒間接引述　**Tom asked me what I wanted.**
　　　　湯姆問我想要什麼？

百寶箱	誰	做動作（是）	人・事物	
	湯姆 **Tom**	問 **asked**	我 **me**	
		① 直接引述為疑問句時：said to ⇒ asked		
什麼 **what**	我 **I**	想要 **wanted.**		

②按照 what＋直述句的順序。

你想要什麼？

（4）引號（" "）內是 Do 等助動詞開頭的疑問句的情形時

直接引述　**Helen said to me, "Do you like natto?"**
　　　　海倫對我說：「你喜歡納豆嗎？」

⇒間接引述　**Helen asked me if I liked natto.**
　　　　海倫問我是否喜歡納豆。

百寶箱	誰	做動作（是）	人・事物
	海倫 **Helen**	問 **asked**	我 **me**
是否 **if**	我 **I**	喜歡 **liked**	納豆 **natto.**

按照 if＋直述句的順序。

139

無生命主詞的用法
以事或物作為主詞

　　英文一般是以人或生物為主詞，不過也可以使用無生命的事物作為主詞。事或物的主詞又稱作「無生命主詞」，以此作為主詞的句型有數種類型。這一章節將會介紹「使～」、「帶來～」、「表示～」的句型。

山在呼喚我

無生命主詞構句的語序排列

　　無生命主詞構句語序欄位中的要素主要有**「誰」**、**「做動作（是）」**。

Their crosstalk performance made me laugh.

他們的相聲讓我笑了。⇒ 他們的相聲很好笑。

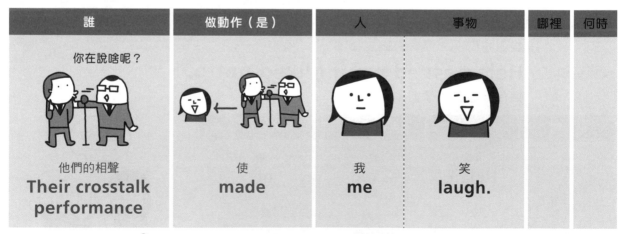

誰	做動作（是）	人	事物	哪裡	何時
你在說啥呢？ 他們的相聲 **Their crosstalk performance**	使 **made**	我 **me**	笑 **laugh.**		

　　以事或物為主詞的句子，簡單來說，就是將原本的「人」換成「事物」，「無生命主詞」與主詞「誰」欄位有著密切的關係。

無生命主詞構句：與動詞的關係 --

（1）類型一：「使」（make、force、cause等）

・make＋人＋原形動詞：「使人～」
→使用使役動詞 make 的無生命主詞句（使役動詞請參考 p.107）

Their crosstalk performance made me laugh.

（直譯）他們的相聲讓我笑了。⇒ 他們的相聲很好笑。

・force / cause＋人＋to 不定詞：「迫使人～／讓人～」
※force：（強制性地）迫使人～、cause：（某原因造成某結果）讓人～。

The sudden rain forced me to stay inside the house.

（直譯）突然的雨迫使我待在家中。
⇒ 突然下的雨讓我不得不待在家中。

誰	做動作（是）	人	事物	哪裡	何時
突然的雨 The sudden rain	迫使 forced	我 me	待在家中 to stay inside the house.		

（2）類型二：「帶～來」（**bring、take、lead** 等）
・bring [take / lead]＋人（＋場所）：「帶人來 [去]（某處）」
※bring：帶～來, take / lead：帶～去

What brought you here?
（直譯）是什麼帶你來到這裡的？ ⇒ 什麼風把你吹來的？

誰	做動作（是）	人・事物	哪裡	何時
是什麼 **What**	帶～來到 **brought**	你 **you**	這裡 **here?**	

Will this bus take us to the museum?
這台公車會帶我們到博物館嗎？

（3）類型三：「傳達」（**say、show、tell** 等）
・say（講述；說明）
Today's paper <u>says</u> that a hurricane is coming.
（直譯）今天的報紙說，颶風正在靠近。
⇒ 根據今天的報紙，颶風正在靠近。

百寶箱	誰	做動作（是）	人・事物
	今日的報導 **Today's paper**	說 **says**	
這件事 **that**	颶風 **a hurricane**	正在靠近 **is coming.**	

表格增加為兩層喔！

・show（引導～）
This map shows us the way to the station.
這地圖引導我們到車站的路。

（4）類型四：「防止」（prevent、keep、stop 等）

・prevent [keep / stop] ~ from -ing：「防止～做…」

The noise prevented her from sleeping last night.

（直譯）昨晚，噪音妨礙她睡眠。⇒ 昨晚的噪音讓她無法入眠。

誰	做動作（是）	人	事物	哪裡	何時
噪音 The noise	妨礙 prevented	她 her	睡眠 from sleeping		昨晚 last night.

理解成「…造成（人）無法…」比較符合中文的邏輯。

（5）其他類型（remind、allow 等）

・remind＋人＋of ～：「使想起」

This picture always reminds me of my high school days.

（直譯）這張照片總是使我想起高中生活。

⇒ 看到這張照片，總是讓我想起高中生活。

誰	做動作（是）	人	事物	哪裡	何時
這張照片 This picture	總是讓～想起 always reminds	我 me	高中生活 of my high school days.		

理解成「…讓人想起…」比較符合中文的邏輯。

・allow＋人＋to 不定詞：「使得以～；使可以～」

The money allowed her to go abroad.

那筆錢讓她有辦法出國。

強調句
It is ～ that 的句子

強調句指的是，想強調句子中特定某內容時所使用的句子。例如將「我昨天打破了窗戶」改成「昨天打破窗戶的是我！」、「昨天我打破的是窗戶！」或「打破窗戶的時間是昨天！」，就能強調「我」、「窗戶」和「昨天」。

弄破的是那隻貓！！

強調句的語序排列

強調句語序欄位中的要素是「**百寶箱**」、「**誰**」、「**人·事物**」、「**哪裡**」、「**何時**」。

I broke the window yesterday. 我昨天打破了窗戶。
⇒It was I that broke the window yesterday. 昨天打破窗戶的是我。

百寶箱	誰	做動作（是）	人·事物	哪裡	何時
	It	是 was			
	我 I				
～就是 that [who]	我 (I)	打破 broke	窗戶 the window		昨天 yesterday.

做…的是我！

強調句指的就是，用在強調「做～的是…」的句子。
It 並不是指「那個」（指示代名詞），也不是形式上的主詞（p.104），而是「強調句的 it」。

強調句是什麼？

如同 **It was I that** saw Billy in the library yesterday.（昨天看到比利在圖書館的**是我**）這個句子，將想強調的特定內容放到最前面來說明，這就是強調句。強調句的句型為 It is [was] ～ that...（做…的是～）。「～」可以用主詞 I 或受詞 Billy，也可以放入場所（in the library）或時間（yesterday）等詞彙。此外，在 It is [was] ～ that... 句型中，「～」這個欄位除了可放 I 或 Billy 等的單字或片語，也可放如 because I was ill 的子句。

（1）強調單字或片語

基本句子 **I saw Billy in the library yesterday.**

①強調 Billy 的情形

It was ⟨Billy⟩ that…

It was Billy that [whom] I saw in the library yesterday.
我昨天在圖書館看到的就是比利。

百寶箱	誰	做動作（是）	人・事物	哪裡	何時
	It	是 was			
			比利 Billy		
～就是 that [whom]	我 I	看到 saw	↑ (Billy)	在圖書館 in the library	昨天 yesterday.

> 將語意順序表增加為三層來思考吧！

②強調 in the library 的情形

It was in the library that I saw Billy yesterday.
我昨天就是在圖書館看到比利的。

百寶箱	誰	做動作（是）	人・事物	哪裡	何時
	It	是 was			
				 在圖書館 in the library	
～就是 that	我 I	看到 saw	比利 Billy	↑ (in the library)	昨天 yesterday.

③強調 yesterday 的情形

It was yesterday that I saw Billy in the library.
我就是在昨天時在圖書館看到比利的。

百寶箱	誰	做動作（是）	人・事物	哪裡	何時
	It	是 was			
					 昨天 yesterday
～就是 that	我 I	看到 saw	比利 Billy	在圖書館 in the library	↑ (yesterday)

（2）強調子句

與強調單字或片語相同，也是以 It is [was] ～ that... 的句型呈現。

It was not until I left school that I realized the importance of that job.

直到畢業，我才了解到那份工作的重要性。

（在畢業之前都不了解那份工作的重要性）

百寶箱	誰	做動作（是）	人・事物	哪裡	何時
	It	不是 **was not**			
					直到畢業 **until I left school**
才 **that**	我 **I**	了解 **realized**	那份工作的重要性 **the importance of that job.**		↑ (until I left school)

MEMO

第 **4** 章

掌握句子組成的
元素：各詞類

名詞

表示「人、事物、概念」

這個世界是由名詞構成的！

　　「手機」到「機器」、「冰箱」到「電磁爐」、「姊姊」到「弟弟」、「朋友」到「認識的人」等，我們的生活中到處都是名詞。名詞就是用來表示人或事物名稱的詞語，此外像「空氣」、「油」等物質，或是「美麗」、「勇氣」等無法看見形體的抽象概念，也是名詞的一種。

名詞的位置

　　名詞主要出現在「**誰**」、「**人・事物**」、「**哪裡**」、「**何時**」欄位中。

Tom bought a bottle of wine at the store.

湯姆在那間店買了一瓶酒。

誰	做動作（是）	人・事物	哪裡	何時
湯姆 **Tom** 專有名詞	買了 **bought**	一瓶酒 **a bottle of wine** 物質名詞	在那間店 **at the store.** 普通名詞	

Honesty is the best policy. 誠實為上策

誰	做動作（是）	人・事物	哪裡	何時
誠實 **Honesty** 抽象名詞	是 **is**	上策 **the best policy.** 抽象名詞		

名詞與「做動作（是）」之外的其他欄位都有關係！

150

名詞的功用與種類

　　名詞在溝通方面扮演著重要的角色。「請開窗」的「窗」；「請告訴我前往圖書館的路」中的「圖書館」、「路」；「我朋友小遙帶著波奇出門去散步」中的「朋友」、「小遙」、「波奇」都是名詞。是拜託人、描述事實或陳述意見時必要的詞類。

名詞一般分為五大類：(1) 普通名詞、(2) 集合名詞、(3) 專有名詞、(4) 物質名詞、(5) 抽象名詞。

(1) 普通名詞
形體可見且可以計算的事物

cup（杯子）, desk（桌子）, orange（橘子）, pen（筆）, dog（狗）等

(2) 集合名詞
被視為集合體的事物

family（家人）, police（警察）, committee（委員會）等

(3) 專有名詞
人名或地名等特有事物

Tom, Nancy, Taipei, Mars（火星）等

(4) 物質名詞
表示物質的事物

coffee（咖啡）, milk（牛奶）, wine（酒）, water（水）, paper（紙）等

(5) 抽象名詞
抽象的概念或情感

beauty（美）, honesty（誠實）, kindness（親切）等

原來如此！

- -

英文中這些名詞又區分為 1. 可數名詞 2. 不可數名詞。按組別可依以下分類來區分：

1. 可數名詞	**(1) 普通名詞**	**(2) 集合名詞** ※	
	cup、pen、dog	family、crew	※有一部分為不可數名詞。
2. 不可數名詞	**(3) 專有名詞**	**(4) 物質名詞**	**(5) 抽象名詞**
	Nancy、Taipei	coffee、wine	beauty、kindness

1. 可數名詞

（1）普通名詞

一般單數時會加上冠詞「a(n)」，複數時在語尾加上 -e(s)：many students（很多學生）、two boxes（兩個盒子）等。不過也有不規則變化的複數形，如 children（小孩）或 sheep（綿羊）等（three children、many sheep 等）。

（2）集合名詞

表示人或物的集合體。分為可作為單數或複數的詞彙：family（家人）、committee（委員會）、crew（工作人員）等，以及形式上看似單數，但總是作為複數的詞彙：people（人們）、police（警察）等，還有作為單數的詞語：furniture（家具類）等。

（例）**His family lives in Canada.** 他的家人住在加拿大。

（例）**The police are coming.** 警察來了。

2. 不可數名詞

（3）專有名詞

專有名詞基本上不連接 a 或 the，不過在以下情形會加上冠詞。

・連接「the」的情形

① 河川或山脈等　　the Thames（泰晤士河）、the Alps（阿爾卑斯山）

② 列車或船隻等　　the TGV（法國高速列車）、the Titanic（鐵達尼號）

③ 報紙或雜誌等　　The Times《泰晤士報》、The Economist《經濟學人》

・連接「a(n)」的情形

① a＋一般人：「～這個人」　A Mr. Smith（史密斯先生這個人）

② a＋名人：「像～這樣的人」　An Einstein（像愛因斯坦這樣的人）

③ a＋企業或作家：「～的產品、作品」　a Toyota（一台豐田汽車產品）

（4）物質名詞

在計算物質名詞的數量時，很常會搭配容器，如 a cup of（杯裝的一杯～），a glass of（玻璃杯裝的一杯～），或是搭配如 a sheet of（一張～），a piece of（一片～）等一起使用。

MEMO

咖啡為物質名詞，因此一般會説 a cup of coffee。
不過在口語上，也可以使用 two coffees, please. 等
表達，將 coffee 視為杯裝咖啡來計算。

Two coffees, please!

（5）抽象名詞

抽象名詞是指如「誠實」（honesty）、「和藹」（kindness）或「美麗」（beauty）等無形概念的名詞。一般單獨使用時不加冠詞「a(n)」，並以單數形態呈現。

代名詞
代替名詞的詞彙

代名詞顧名思義就是代替名詞的詞彙。人名的 Andrew 改成代名詞，會變成 he（他→主格）或 him（他→受格）、Tom and Jerry 會變成 they（他們→主格）或 them（他們→受格）。此外事物也可以使用代名詞，如：the bag 變成 it（單數）、they [them]（複數）。

代名詞的位置

代名詞主要出現在**「誰」、「人‧事物」**欄位中。

He cooked me breakfast. 他給我煮了早餐。

誰	做動作（是）	人‧事物		哪裡	何時
他 He	煮了 cooked	給我 me	早餐 breakfast.		

代名詞主要與「誰」、「人‧事物」欄位有關。

代名詞的功能：避免重複詞彙

假設沒有代名詞，就會變成像是「昨天和 Tom 在市區見面，和 Tom 一起喝茶，又幫 Tom 做了工作諮詢」這樣，句子中的「Tom」出現數次、相當地煩人，但如果把第二次之後出現的「Tom」改為「他」，句子不僅簡潔且還是十分通順。就像這樣，代替「Tom」所使用的詞彙「他」，就是代名詞。

以代名詞圖表來掌握代名詞的整體概念吧

首先，代名詞究竟有多少種類，讓我們快速地確認吧！在這圖表之後會針對個別的代名詞再做解說。

代名詞

提到代名詞，就一定會想到人稱代名詞！ -----------------------------------

（1）人或物的名詞變成代名詞

代名詞最具代表的就是「人稱代名詞」。第一人稱為「說話者」（我、我們），第二人稱為「聽者」（你、你們），第三人稱為「說話者、聽者以外的人事物」（他、她、它、她們、他們、它們）。

人稱		單數（一人）			複數（兩人以上）		
		主格 [誰]	所有格 [誰的]	受格 [誰]	主格 [誰]	所有格 [誰的]	受格 [誰]
第一人稱（說話者）		**I** 我	**my** 我的	**me** 我	**we** 我們	**our** 我們的	**us** 我們
第二人稱（聽者）		**you** 你	**your** 你的	**you** 你	**you** 你們	**your** 你們的	**you** 你們
第三人稱	男性	**he** 他	**his** 他的	**him** 他	**they** 他們、她們、它們	**their** 他們的、她們的、它們的	**them** 他們、她們、它們
	女性	**she** 她	**her** 她的	**her** 她			
	中性	**it** 它	**its** 它的	**it** 它			

第一人稱

說話者

第二人稱

聽者

第三人稱

說話者與聽者之外的
人事物

（2）表示「誰的東西」的所有格代名詞

當在詢問 Is this your smartphone?（這是你的手機嗎？）時，若眼前有手機的話，說話者與聽者彼此都知道在指什麼，因此此時可以使用 yours 及 mine 來代替 smartphone，講成 Is this yours?（這是你的嗎？）Yes, it's mine.（是的，那是我的）。這兩個代名詞又叫做所有格代名詞，表示「誰的東西」的意思。

人稱	單數		複數	
第一人稱	**mine**	我的東西	**ours**	我們的東西
第二人稱	**yours**	你的東西	**yours**	你們的東西
第三人稱	**his**	他的東西	**theirs**	他們的東西
	hers	她的東西	**theirs**	她們的東西

※所有格代名詞也是人稱代名詞的一種。

157

英文一般都需要主詞（也就是語意順序表中的「誰」）。在表示 ① 時間或季節、② 天氣或冷熱、③ 距離、④ 狀態或情況時，會使用 it 當作主詞。這個時候 it 不會翻譯成「它」。

① 表示時間或季節

What time is it now? — It's seven o'clock. 現在幾點？一七點。

② 表示天氣或冷暖

It's sunny today. 今天有出太陽。

③ 表示距離

How far is it from here to the post office? 從這裡到郵局有多遠？

④ 表示狀態或情況

Take it easy. 不要緊張／慢走。（美式用語：再見）

例如例句①中的「七點」，若直接以中文的邏輯來思考的話，會發現沒有主詞。

誰	做動作（是）	人・事物	哪裡	何時
				七點 seven o'clock.

「誰」和「做動作（是）」欄位這兩邊都空了，無法形成完整的句子！

因此，把作為主詞的 It 和動詞的 is 放入「誰」和「是」欄位中，使句子變得完整。

It	是 is			七點 seven o'clock.

表示「這個」、「那個」、「這些」、「那些」（指示代名詞）

單數形	複數形
this（這～、這個）	**these**（這些～、這些）
that（那～、那個）	**those**（那些～、那些）

（例）This song is for these children.
這首曲子是為了這些孩子們的。

表示不特定的事物（不定代名詞）

（1）用 one 來代替前一句的名詞

I forgot to bring a pen. Do you have one?

我忘了帶筆。你有筆嗎？

> 原來 one = a pen！

I have lost my pen. I need a new one.

我弄丟了我的筆，我需要一支新的。

（2）another 表示「再一個」

This coffee tastes so good. I want another.

這咖啡真好喝，我還想要一杯。

= **another cup of coffee**

> another 有表示「再一個～」的形容詞用法。

（3）the other 表示「兩個之中的另一個」

One is for you and the other is for me.

一個給你，另一個給我。

⇒改成 the others 會有「剩餘全部」的意思

I like this flavor. I don't like the others.

我喜歡這個口味，不喜歡其他剩下的。

形容詞
為名詞加上修飾功能的詞彙

如同「善良的人」或「美麗的花」一樣,在人或物前加上「～的」這修飾功能的詞彙,就是形容詞。形容詞也帶有說明主詞(如「我」)狀態的補語功能,像是「我很睏(我=很睏)」,用來表示人或物的性質或狀態。

我嗎? 我就是被貼上很多標籤的普通蘋果啦!

大顆　新鮮　圓潤

形容詞的位置 ----------

形容詞主要出現在 **「誰」、「人・事物」、「哪裡」、「何時」** 欄位中。

A beautiful girl is having a relaxing time at a nice café on a sunny day.

一個漂亮的女孩於天氣晴朗的這一天,在一間不錯的咖啡廳正度過著一段悠閒時光。

誰	做動作(是)	人・事物	哪裡	何時
一個漂亮的女孩	正度過著	一段悠閒時光	在一間不錯的咖啡廳	於天氣晴朗的這一天
A beautiful girl	is having	a relaxing time	at a nice café	on a sunny day.

形容詞修飾「做動作(是)」以外的其他欄位中的名詞!

形容詞的用法 --

形容詞用於（1）說明名詞（人或物）、（2）做為補語說明主詞或受詞（請參考 p.112）。

（1）修飾名詞（限定用法）

The old lady said something nice.

那位老太太說了句好聽的話。

誰	做動作（是）	人・事物
那位老太太 **The old lady** 形容詞 ⤸ 名詞	說了 **said**	好聽的話 **something nice.** 名詞 ⤹ 形容詞

> 以 -thing 結尾的名詞，形容詞會從後面修飾。

（2）做為補語說明主詞或受詞（敘述用法）
形容詞還有一種用法是做為補語，**說明主詞或受詞。**

He looks very happy. 他看起來非常開心。

誰	做動作（是）	人・事物
他 **He** 主詞	看起來 **looks** =	非常開心 **very happy.** 形容詞

> 此例句就是第二類句型「誰（主詞）」＝「人・事物（補語）」的結構。

※ very 為副詞，修飾形容詞 happy。

He painted the wall white. 他把牆刷成白的。

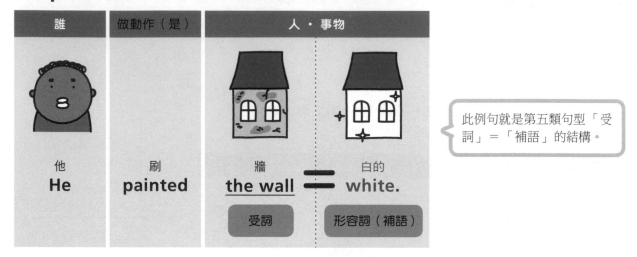

誰	做動作（是）	人・事物	
他	刷	牆	白的
He	**painted**	**the wall** =	**white.**
		受詞	形容詞（補語）

此例句就是第五類句型「受詞」＝「補語」的結構。

要留意的形容詞

形容詞一般是用於「修飾名詞」的限定用法，以及「做為補語」的敘述用法。就這兩用法來說，可分為 (1) 僅用於限定用法的形容詞、(2) 僅用於敘述用法的形容詞，以及 (3) 可同時用於此兩者，但意義有差異的形容詞。以下會介紹一些代表性的例子。

（1）僅用於限定用法（修飾名詞）的形容詞
elder（年長的）、total（全部的）、main（主要的）、rural（鄉村的）、latter（後面的）等。

the main reason 主要的理由
my elder brother 我哥哥（我年長的兄弟）

（2）僅用於敘述用法（作為補語）的形容詞
alive（活著的）、asleep（睡著的）、alone（單獨的）、awake（醒著的）、well（健康的）、aware（意識到的）等。

He was alone. 他當時獨自一人。
I wasn't aware of the danger. 我當時沒有意識到危險。

（3）限定用法（修飾名詞）與敘述用法（作為補語）兩者意義不相同的形容詞

・late（限定用法：已故的／敘述用法：遲的）

the late Dr. Smith 已故的史密斯博士

He was late. 他遲到了。

・present（限定用法：現在的／敘述用法：在場的、出席的）

the present status 現在的狀態

He was not present at the meeting. 他沒有出席那個會議。

形容詞的排列順序

形容詞的排列順序，會依照與名詞的關係而做調整。一般的順序為「數量＞大小＞形狀、性質、狀態＞新舊＞色彩」。

數量	大小	形狀、性質、狀態	新舊	色彩	名詞
a	big		new	red	car
two	big		old		houses
a	little	round		brown	stone

副詞
增加句子風采的最佳配角

看！ 幫你裝扮得如此華麗！

　　副詞修飾動詞、形容詞、其他副詞以及整體句子。例如：「花朵美麗地綻放」的「美麗地」或「快跑」的「快」、「非常重」的「非常」等。另外，表示場所的「在哪裡」或表示時間的「那個時候」、表示頻率的「總是」、「時常」等也是副詞。

副詞的位置

　　副詞主要出現在**「百寶箱」**、**「做動作（是）」**、**「人・事物」**、**「哪裡」**、**「何時」**欄位中。

（1）**I always eat lunch here.** 我總是在這裡吃午餐。

百寶箱	誰	做動作（是）	人・事物	哪裡	何時
	我 **I**	總是吃 **always eat** 頻率	午餐 **lunch**	在這裡 **here.** 場所	

（2）**Fortunately, I was able to see Mr. Smith yesterday.**
很幸運地，我昨天能見到史密斯先生。

百寶箱	誰	做動作（是）	人・事物	哪裡	何時
很幸運的 **Fortunately,** 修飾整個句子	我 **I**	能見到 **was able to see**	史密斯先生 **Mr. Smith**		昨天 **yesterday.** 時間

> 使用副詞，可以在句子中加上如頻率、場所、時間等資訊，有助於更詳細說明句子。

副詞是幫句子增添風采的最佳配角 ----------------------------------

　　句子的主角是**主詞、動詞、受詞、補語**這些主要要素，而**副詞則是所謂的「配角」**。不過，副詞的主要功能是可以修飾**動詞、形容詞、其他副詞**以及**整個句子**。只要了解這個差異，即便是再長的句子，也能輕易理解。

> 有副詞就能詳細地傳達！

Surprisingly, his room was pretty clean.

令人驚訝的是，他的**房間非常乾淨**。

百寶箱	誰	做動作（是）	人・事物		哪裡	何時
令人驚訝的是 **Surprisingly,**	他的房間 **his room**	是 **was**	非常 **pretty**	乾淨的 **clean.**		
修飾整個句子			副詞	形容詞		

※修飾整個句子的副詞，會放在「百寶箱」欄位。
※pretty 作為形容詞（漂亮的）或副詞（非常）時，兩者意思不同。

副詞的擺放位置自由度高，有的可以放在句首修飾整個句子，有的放在動詞前、動詞後或句尾等位置。

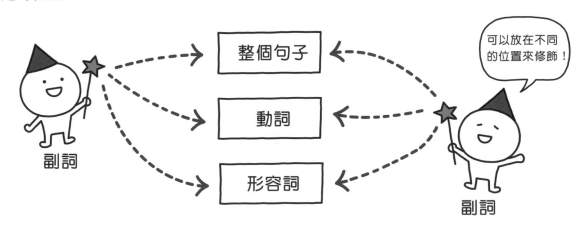

> 可以放在不同的位置來修飾！

副詞　→　整個句子　←　副詞
副詞　→　動詞　←　副詞
副詞　→　形容詞　←　副詞

副詞可以詳細說明（1）頻率、（2）程度、（3）樣子、狀態、（4）場所、（5）時間等。

(1) 頻率
多久做一次

always（總是）、usually（通常）、often（時常）、sometimes（有時）

(2) 程度
（做某事）的程度

hardly（幾乎不）、absolutely（絕對）、slightly（稍微）

(3) 樣子、狀態
形容動作的狀態

run fast（跑得快）、change quickly（改變得很快）、do well（做得好）

(4) 場所
在哪裡／去哪裡（做某事）

here（這裡）、there（那裡）、away（不在）、far（遙遠地）

(5) 時間
（做某事）的時間

now（現在）、then（那時）、today（今天）、tomorrow（明天）、every day（每天）

（1）**I usually have lunch here.** 我通常在這裡吃午餐。

（2）**I can hardly believe his story.** 我簡直無法相信他的故事。

（3）**He can run fast.** 他可以跑得很快。

（4）**She left her umbrella there.** 她把傘忘在那裡了。

（5）**We are going to see her tomorrow.** 我們打算明天去見她。

表示頻率的副詞

以下將以 % 來表示頻率副詞的頻率。

頻率		
100% —	always	總是
80% —	usually	通常
65-70% —	often	時常
50% —	sometimes	有時
3-4% —	seldom	很少
0% —	never	絕不

※此表參考瀨田幸人 (1997)《基礎英文文法》製作而成

部分否定

副詞中，有些副詞會與 not 一同使用，表示「部分否定」的意思。

部分否定	意思
not always	不總是
not necessarily	未必
not very	不怎麼
not much	不多

（例句）

She does not always skip breakfast. 她並非總是忽略早餐不吃的。

There is not much difference between this cat and that one.

這隻貓與那隻貓沒多少差異。

介系詞

放在名詞（詞組）前的小詞彙

　　介系詞是放在名詞前面的詞彙，如 I live **in** Taipei.（我住**在**台北）、I read a book **in** the library.（我**在**圖書館裡看書）的「**在**（表示場所）」，或是 I wake up **at** eight o'clock.（我**在**八點起床）的「**在**（表示時間）」等。

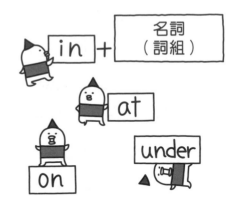

介系詞的位置 ----------

　　介系詞主要出現在「**哪裡**」、「**何時**」欄位中。

She runs in the park before breakfast. 早餐前她在公園裡跑步。

誰	做動作（是）	人・事物	哪裡	何時
她 **She**	跑步 **runs**	中文與英文在這裡的語序相同。	在＋公園 **in the park** 介系詞　名詞詞組	早餐＋前 **before breakfast.** 介系詞　名詞

介系詞放在名詞前面，用來表示「場所」或「時間」等眾多用法！

表示場所的介系詞 -------------------------------

　　表示**場所**的介系詞如下。

①表示位置（上下關係、前後關係）

表示場所	介系詞

位置

at：在～
※ 表示地點

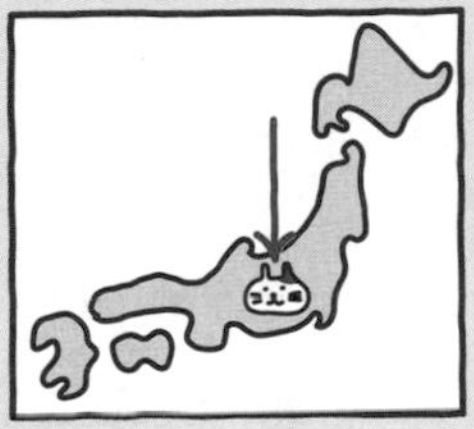

in：在～裡面

on：（接觸某物）在～上面
※ 接觸到某物表面的意思

above：在～之上
over：在～上方（越過）
under：在～下方
below：在～之下

between：在（兩者）之間

among：在（三個或以上）之中

169

②表示進行、通過

表示場所	介系詞
進行、通過	**along**：沿著～ **across**：橫跨、穿越～ **through**：通過、穿過～

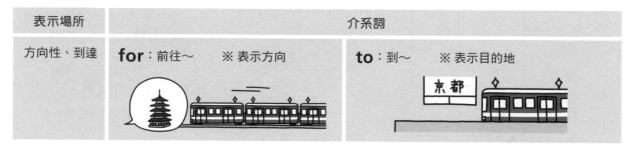

③表示方向性、到達

表示場所	介系詞	
方向性、到達	**for**：前往～　　※ 表示方向	**to**：到～　　※ 表示目的地

④表示接近、距離

表示場所	介系詞
接近、距離	**by / beside**：在～旁邊 **near**：離～不遠

> **MEMO**
>
> 「我在圖書館遇到她」這句話用英文來表示的話，I saw her at the library. 以及 I saw her in the library. 哪一個正確呢？實際上兩者在文法上都沒有問題，前者使用的是表示「地點」的 at ，因此表示「在圖書館這棟建築的任何位置」；而後者使用表示「在～裡」的 in ，表示「在圖書館裡面」遇到。

表示時間的介系詞 -----------------------------

表示**時間**的介系詞有①年月日時等、②時間的起點（從～）及終點（到～）、③期間等。

表示時間	介系詞
年、月、日、時、季節	**at**：時刻（～點） **on**：星期或特定的日期（星期～／～日） **in**：月／年／四季
起點	**from**：從～開始、**since**：自從～、**after**：在～之後等
終點	**till / until**：直到～、**before**：在～之前、**by**：不晚於～等
期間	**for**：經過一段期間、**during**：（特定期間）在～期間等

其他介系詞 -----------------------------

還有其他表示如下意思的介系詞：

其他	介系詞
原因、理由	(die) **of / from**：因疾病或受傷而（死亡）
目的、結果	**for**：為了～、**after**：尋找，追求～等
手段、工具	**by** (car)：表示方式（開車）、**with** (a pen)：用（筆）等
製作來源	(made) **of**（以～（同種材質的）材料製作而成）、 (made) **from**（使用～原料製作而成）等

連接詞
單字與單字、句子與句子的黏著劑

連接詞在句子中用於連接單字（片語）與單字（片語）、句子（子句）與句子（子句）。連接詞有 and、but、or 以及 that、when、if 等，其放置位置有的放在句首，有的在單字（片語）與單字（片語）之間，或是在句子與句子之間。

交給我什麼都能連接！

連接詞的位置

連接詞的擺放欄位是「**百寶箱**」。

Ken likes singing and I like dancing. Ken 喜歡唱歌，而我喜歡跳舞。

百寶箱	誰	做動作（是）	人・事物	哪裡	何時
	Ken **Ken**	喜歡 **likes**	唱歌 **singing**		
而 **and**	我 **I**	喜歡 **like**	跳舞 **dancing.**		

連接詞是連接單字（片語）與單字（片語）、句子與句子的詞彙！
將連接詞放在「白寶箱」欄位，並將語意順序表增加為兩層。

連接對等關係的連接詞，以及連接主從關係的連接詞

連接詞中有如同 and 或 but 等的對等連接詞，主要**連接有相同架構、有對等關係之句子**，以及如 when、if、that 等的從屬連接詞，主要**連接主要子句與從屬子句**。

（1）連接對等關係的連接詞（對等連接詞）

以 and、but、or、so 等來連接相同架構的這兩個句子，在文法上為**對等關係**。此外，以對等連接詞連接的句子稱作合句。　（參考 p.66）

對等連接詞	基本意思
A and B	A 和 B ／ A 而且 B ／ A 而 B ／ A 然後 B
A but B	A 但是 B ／ A，除了 B
A or B	A 或 B ／ A，否則 B ／ A 還是 B
A, so B	因為 A，所以 B

I was sleeping, so I couldn't pick up the phone.

我當時在睡覺，所以無法接電話。

百寶箱	誰	做動作（是）
	我 I	當時在睡著 was sleeping,

百寶箱	誰	做動作（是）	人・事物
所以 so	我 I	無法接 couldn't pick up	電話 the phone.

這兩欄的句子皆為「主詞＋動詞」的「子句」。在文法上兩者是對等的！

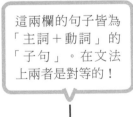

（2）連接主從關係的連接詞（從屬連接詞）

從屬連接詞有 that、if、when、as 等。被連接的兩個句子（子句），分別稱作主要子句與從屬子句，兩個句子的關係不對等，在文法上是**主從關係**。此外，使用從屬連接詞的句子也稱作複句（參考 p.68）。

從屬連接詞	意義
A <u>that</u> B	**B** 這件事用來補充說明 **A**
A <u>whether [if]</u> B	**A** 是否 **B**
<u>When</u> B, A (A <u>when</u> B)	當 **B** 的時候，**A**
<u>Because</u> B, A (A <u>because</u> B)	因為 **B**，所以 **A**
<u>If</u> B, A (A <u>if</u> B)	如果 **B**，就 **A**

> 句子中的主要訊息來自於主要子句，這表示 A <u>that</u> B 中的 B（B 這件事）以及 <u>If</u> B, A 中的 B（如果 B）的子句為從屬子句。

※ **A**＝主要子句、**B**＝從屬子句；**( )** 表示可以轉換講法。

（例）

I know that she is a doctor. 我知道她是個醫生。

They asked me whether their team had won.
他們問我他們隊是否已經贏了。

When I came home, my sister was watching TV.
當我回到家時，我姐正在看電視。
＝ **My sister was watching TV when I came home.**

Because it is raining now, I will stay at home.
因為現在下雨，所以我要待在家裡。
＝ **I will stay at home because it is raining now.**

If I knew his name, I would tell you.
如果我知道他的名字，我會告訴你。
＝ **I would tell you if I knew his name.**

長句子只要使用語意順序表來拆解，就能輕易地理解。

They asked me whether their team had won.

他們問我他們隊是否已經贏了。

百寶箱	誰	做動作（是）	人・事物		哪裡	何時
	他們 **They**	問 **asked**	我 **me**	他們隊是否 已經贏了 ↓移到第二層		
是否～ **whether**	他們隊 **their team**	已經贏了 **had won.**				

When I came home, my sister was watching TV.

當我回到家時，我姐正在看電視。

百寶箱	誰	做動作（是）	人・事物	哪裡	何時
當～的時候 **When**	我 **I**	回到 **came**		家 **home,**	
	我姐 **my sister**	正在看 **was watching**	電視 **TV.**		

I would tell you if I knew his name.

如果我知道他的名字，我會告訴你。

百寶箱	誰	做動作（是）	人・事物	哪裡	何時
	我 **I**	會告訴 **would tell**	你 **you**		
如果 **if**	我 **I**	知道 **knew**	他的名字 **his name.**		

感嘆詞

讓動作更加充滿情緒

　　「啊！好痛」、「嗯…這個…」、「哇！」等用於驚訝、疼痛等情感、情緒表現的詞彙，就是感嘆詞。經常作為獨立的單字，用於句子的開頭，在電影或動畫中也經常能聽到。讓我們一起來了解使用感嘆詞的場合吧。

感嘆詞的位置 -

　　感嘆詞的擺放欄位是在「**百寶箱**」。

Oops, I forgot to bring an umbrella. 啊！我忘了帶傘。

百寶箱	誰	做動作（是）	人・事物	哪裡	何時
啊！ Oops,	我 I	忘了 forgot	帶傘 to bring an umbrella.		

感嘆詞用於表示附和、喜悅、驚訝等情緒！

熟練掌握感嘆詞 -

接下來介紹幾個在不同場合經常使用的英文感嘆詞。

場合	感嘆詞
感到安心時	**Phew** 呼～！
疼痛時	**Ouch** 啊，好痛！
驚訝時	**Wow** 哇／**Oh** 哦！
失敗時	**Uh-oh** 喔不／**Oops** 啊！
厭惡感	**Yuck** 噁
成功時	**Hurray** 萬歲！
表示正在聽	**Uh-huh** 嗯哼
不能接受、正在思考	**Hum** 嗯…
說話停頓／轉換時	**Well** 嗯…／那麼／這個嘛…

（例）**Well, let's take a break.** 那麼，我們休息一下吧！

百寶箱	誰	做動作（是）	人‧事物	哪裡	何時
那麼 **Well,**	（省略）	我們來～！ **let's take**	休息一下 **a break.**		

MEMO

除了上述的招呼語，像是 Hi 或 Hello（哈囉），以及喚起聽者的注意的 Say（嘿）也都是感嘆詞。

MEMO

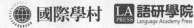

語言學習 NO.1

學英語

英文字源解剖全圖鑑

學韓語

實境式 照單全收 圖解韓語單字 不用背

學日語

上最強 日本語類義表現

第二外語

我的第一本泰語發音

THAI Starter!

考多益

新制多益 全新！TOEIC 口說題庫解析 Speaking

考日檢

新日檢 500 文型 N3 N2 N1

考韓檢

NEW TOPIK II 新韓檢 中高級

考英檢

全新！NEW GEPT 全民英檢 初級 聽力&閱讀 題庫解析

想獲得最新最快的語言學習情報嗎？

歡迎加入
國際學村&語研學院粉絲團

台灣廣廈 國際出版集團
Taiwan Mansion International Group

國家圖書館出版品預行編目（CIP）資料

全圖鑑照順序就好！看圖學文法不用背/田地野彰著. -- 初版. -- 新北
市：國際學村出版社, 2022.04
　面；　公分
ISBN 978-986-454-210-9（平裝）

1.CST: 英語 2.CST: 語法

805.16　　　　　　　　　　　　　　　111002014

🌐 國際學村

【全圖鑑】照順序就好！看圖學文法不用背
用「直覺＋視覺」秒懂所有文法觀念，把英文變簡單！

作　　者／田地野彰	編輯中心編輯長／伍峻宏・編輯／古竣元
譯　　者／陳書賢	封面設計／張家綺・內頁排版／菩薩蠻數位文化有限公司
	製版・印刷・裝訂／東豪・弦億・弼聖・秉成

行企研發中心總監／陳冠蒨　　　線上學習中心總監／陳冠蒨
媒體公關組／陳柔彣　　　　　　產品企製組／黃雅鈴
綜合業務組／何欣穎

發　行　人／江媛珍
法律顧問／第一國際法律事務所 余淑杏律師・北辰著作權事務所 蕭雄淋律師
出　　版／國際學村
發　　行／台灣廣廈有聲圖書有限公司
　　　　　地址：新北市235中和區中山路二段359巷7號2樓
　　　　　電話：（886）2-2225-5777・傳真：（886）2-2225-8052

代理印務・全球總經銷／知遠文化事業有限公司
　　　　　地址：新北市222深坑區北深路三段155巷25號5樓
　　　　　電話：（886）2-2664-8800・傳真：（886）2-2664-8801
郵政劃撥／劃撥帳號：18836722
　　　　　劃撥戶名：知遠文化事業有限公司（※單次購書金額未達1000元，請另付70元郵資。）

■出版日期：2022年05月
ISBN：978-986-454-210-9　　　版權所有，未經同意不得重製、轉載、翻印。